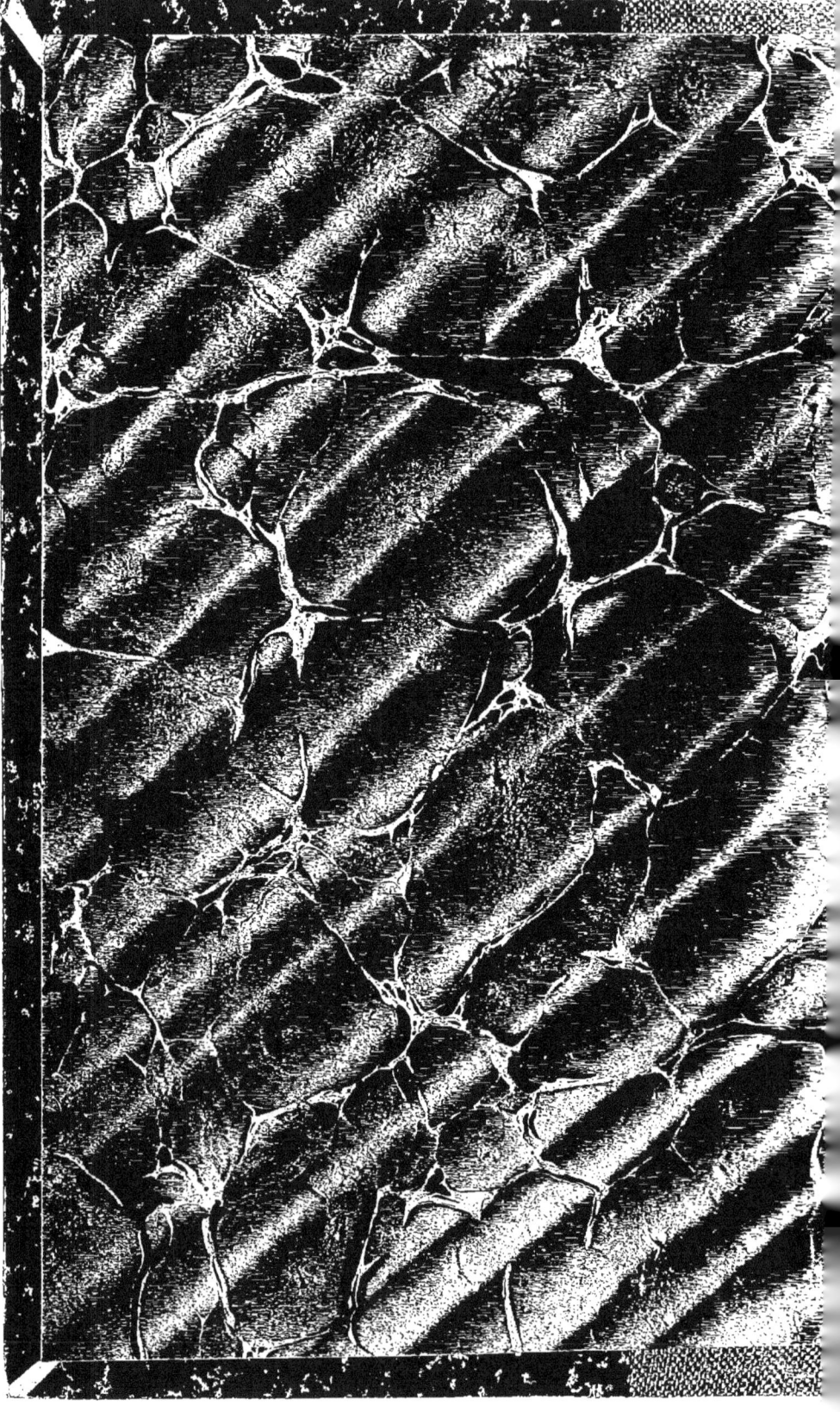

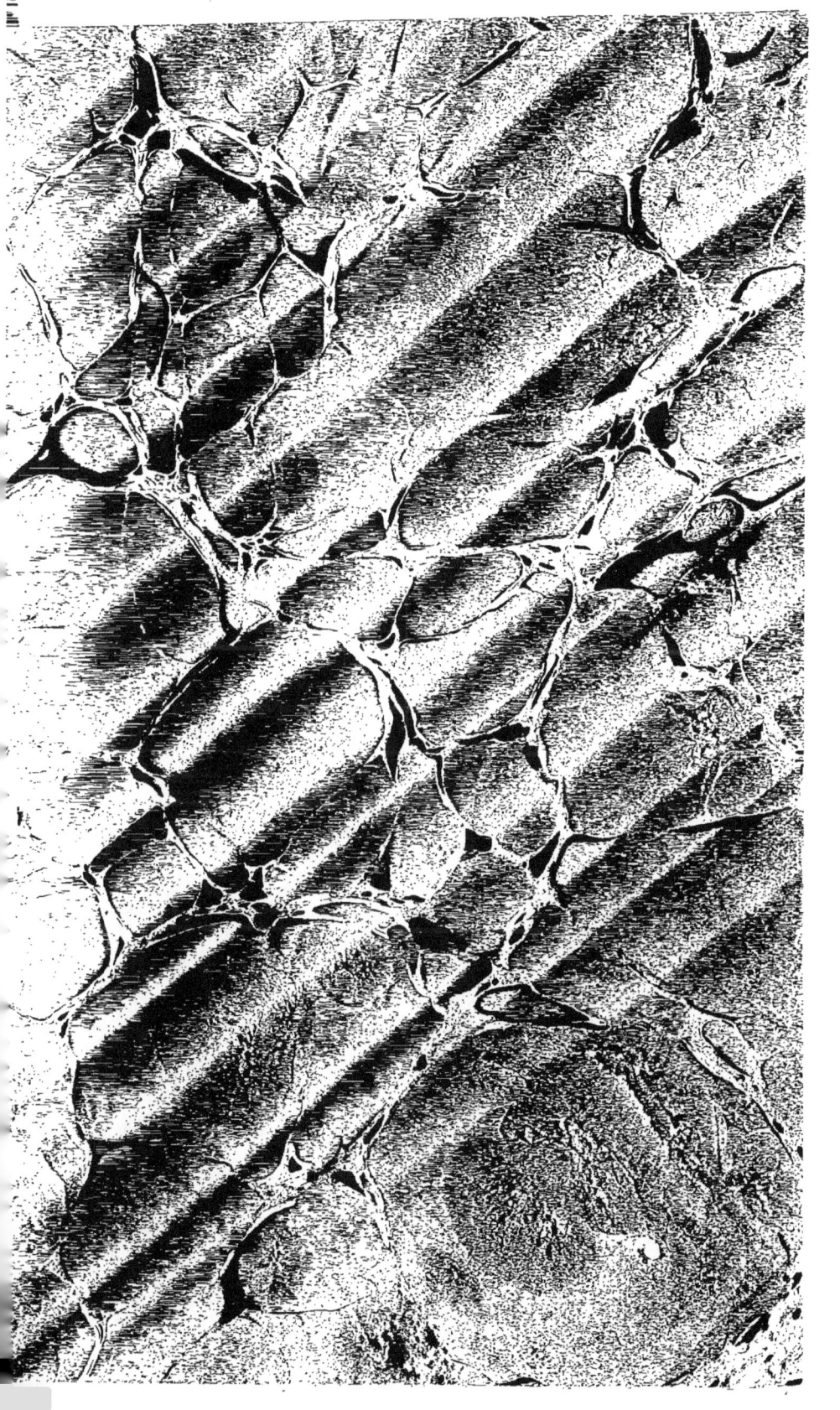

BIBLIOTHÈQUE CONTEMPORAINE

# DUBUT DE LAFOREST

## LA

# CRUCIFIÉE

— MOEURS PARISIENNES —

PARIS

CALMANN LÉVY, ÉDITEUR

RUE AUBER, 3, ET BOULEVARD DES ITALIENS, 15

A LA LIBRAIRIE NOUVELLE

—

1884

# LA CRUCIFIÉE

Imprimeries réunies, **B**.

# LA
# CRUCIFIÉE

MŒURS PARISIENNES

PAR

DURUT DE LAFOREST

PARIS

CALMANN LÉVY, ÉDITEUR

ANCIENNE MAISON MICHEL LÉVY FRÈRES

3, RUE AUBER, 3

—

1884

A

# ALEXANDRE DUMAS FILS

JE DÉDIE CETTE OBSERVATION

Dubut de Laforest

# PRÉFACE

A ALEXANDRE DUMAS FILS

Nos prédécesseurs, mon cher maître, n'ont pas tout dit, par la bonne raison que les sociétés humaines se modifient au jour le jour et plus particulièrement en France, depuis ces dernières années.

La guerre de 1870, en effet, semble avoir produit chez nous une surexcitation des esprits, des désirs de bataille, des vies plus vivantes qui se manifestent, tantôt en bien, tantôt en mal. Jamais nous n'avons eu de plus grands criminels; jamais ceux qui étudient les mœurs de ce peuple qui ressuscite, n'ont observé des exemples pareils de dévouement et d'indomptable courage.

*a*

Ceci est vrai pour la province, plus vrai encore pour Paris.

Si la GAZETTE DES TRIBUNAUX est peuplée de récits tellement épouvantables que l'imagination d'un Shakespeare serait impuissante à les concevoir, le monde parisien est le théâtre d'événements si bizarres que, sur la scène même, en présence de nos personnages en chair et en os, nous nous frottons les paupières, craignant de rêver.

C'est ainsi, cher maître, qu'il m'est advenu de saluer dans Paris une femme qui a mis en pratique le sacrifice seulement entrevu par l'un des héros de Balzac, une épouse-mère qui, n'ayant pas le loisir d'attendre, ni la chance de mourir comme madame Hulot, a vendu son corps à un homme qu'elle n'aimait pas. L'épouse-mère a conclu ce marché, afin d'éviter à son fils la tache d'un nom flétri et à son misérable époux, la cour d'assises de la Seine et Nouméa.

LA CRUCIFIÉE est donc l'immolation d'une femme, non pas le remords d'une épouse, après la faute lointaine, tel que vous et M. de Girardin l'avez si bien dramatisé dans LE SUPPLICE D'UNE FEMME, mais l'immolation actuelle, observée, pour ainsi dire, aux heures mêmes du sacrifice.

La donnée de ce roman, vous le reconnaissiez vous-même dans la lettre si flatteuse et si bienveillante que vous m'avez fait l'honneur de m'écrire, en acceptant l'hommage de votre jeune ami, est terrible.

Essayer de dire ce que n'a pas dit Balzac ; ce que personne n'a encore songé à dire ; être traité par vous d'audacieux, par vous, cher maître, qui avez toujours si magnifiquement osé, il y avait bien là de quoi me donner de l'audace.

Je me suis mis à disséquer ce lambeau de la vie réelle, avec l'idée bien arrêtée de ne pas me départir de la décence que commandait un sujet si brûlant et si périlleux. J'ai tenu à être bref pour laisser au drame toutes ses armes et tous ses coups.

Le livre se résume par son titre : LA CRUCIFIÉE.

C'est cette pudeur outragée, c'est cette robe boutonnant haut lentement déchirée par l'amant ; ce sont ces mains, cette bouche, ce corps souillés par des mains, par une bouche, par un corps odieux ; ce sont les rougeurs de la mère devant son enfant, les hontes silencieuses de la femme adultère ; ce sont les supplications, les larmes, les cris, les angoisses, les révoltes de la chrétienne livrée à sa propre faiblesse, blasphémant contre sa religion, accusant son

Dieu, qui forment la base de cette comédie tragique
dont la division sera : *Le Sacrifice, L'Expiation,
La Rédemption.*

L'amant est implacable. Il est d'autant plus dé-
sireux de savoir que l'insensibilité voulue de la
femme est plus grande ; que la chasteté de la dame
se révolte plus fort contre les appétences de la
luxure ; il est d'autant plus irrité par le mal qui est
en lui — le mal de l'époque, la névrose — que la
maîtresse achetée reste morte au milieu des baisers qu'il lui prodigue, au milieu des spasmes
où tout son être à lui tressaille, se consume et
meurt.

C'est à se demander quel est le martyr de ce
pacte inhumain ?...

Est-ce la duchesse de Lormont ? Est-ce Samuel
Heymann ? Est-ce l'amant tenaillé par les morsures
du désir ?... Est-ce la femme pleine de honte et
d'horreur, la femme si cruellement flagellée ?...

Tous les deux, n'est-ce pas ?....

Marcelle de Lormont, l'épouse-mère qui — pour
sauver les siens — fait marché de son corps, n'est-
elle pas celle d'entre les femmes que l'on pourrait
appeler une sainte laïque ?... Le boudoir de l'hôtel
de l'avenue de Villiers, n'a-t-il pas été pour elle

plus froid et plus mortel que la cellule d'une clarisse aux pieds nus?...

Ce Samuel Heymann — ce possédé des sens — ce descendant d'une race jusqu'alors si féconde, si maîtresse d'elle-même, n'est-il pas la victime désespérée de fautes d'ancêtres seulement unis entre consanguins, dont la déchéance était physiologiquement prévue?... Tous ces désirs, toutes ces passions que les Heymann ont maîtrisés, depuis deux siècles, en restreignant leur amour, leurs désirs et leurs passions à un cercle de parenté forcément restreint, se sont accumulés en route. Leur déchaînement a été terrible, parce que la digue qui les enserrait s'est brusquement écroulée, après avoir résisté aux menaces de rupture, aux velléités d'indépendance.

M. J.-J. Weiss, que je tiens de longue date pour l'un des esprits les plus remarquables de ce temps, a publié, l'année dernière, dans le FIGARO, une étude sur M. de Bismarck. Je n'ai pas le texte sous les yeux, mais la synthèse m'en est restée dans la mémoire.

M. Weiss disait qu'un grand homme n'est, à proprement parler, que le *point culminant* d'une famille, que la résultante d'ancêtres disparus qui revivent dans un héritier privilégié. Le physiologue retrouvait dans M. de Bismarck les hardiesses d'un reître, les ruses d'un diplomate, le coup d'œil d'un grand veneur, etc. Enfin, il affirmait que pas un des petits Bismarcks, venus ou à venir, ne serait aussi bien doué que le grand Bismarck contemporain, celui-ci se trouvant en possession du *summum* d'in-telligence dévolu à sa famille.

La conclusion de la doctrine de M. Weiss me paraît erronée.

En effet, s'il est vrai de dire que M. le chancelier d'Allemagne, qui compte dans sa généalogie des valeurs dissemblables, a profité — de par les lois ataviques — de l'héritage vital de ses aïeux, il n'est guère permis de conclure en limitant un point d'as-cendance à la lignée des Bismarck qui se renouvelle et se modifie par des sangs nouveaux.

Le raisonnement de M. Weiss, je l'appliquerais plus volontiers à la famille des Heymann, dont la sélection pure d'aliments étrangers, ne vivant que d'elle-même, de ses forces et de son sang, pouvait aboutir à un *point culminant* et partant à une dé-chéance absolue.

Mais, encore une fois, la doctrine est fausse, car

il suffit que les Heymann d'aujourd'hui contractent des alliances en dehors de leur parenté pour que la thèse de M. Weiss ne trouve nulle part son application; pour que Samuel Heymann — ce déchu — ait des petits-neveux plus intelligents que ses ancêtres eux-mêmes.

La masse des génies et des idiots qui est dans l'air sous la forme d'atomes est incommensurable, comme dirait un curé de campagne, si un curé s'occupait de ces choses.

Il n'y a pas de *point culminant*. Telle famille produira demain un grand homme, et ce grand homme donnera le jour à un crétin. Le crétin disparaîtra. La sélection, momentanément affaiblie, se fortifiera par des éléments de vitalité recrutés dans une autre famille, peut-être dans une autre race ; et il naîtra encore des êtres ordinaires, puis des êtres supérieurs, en attendant que la dégringolade recommence.

Il faudrait donc pour déterminer la marche en avant, les hésitations et le recul des sélections humaines, non pas un *point culminant*, mais bien des poteaux indicateurs dont l'élévation irait croissante jusqu'à un certain degré, pour se rabaisser et s'élever encore, se rabaisser de nouveau et s'élever toujours.

La Nature est une grande inconsciente qui distribue ses germes à tort et à travers : Elle est sans orgueil pour ses prodigalités; elle est sans souci pour ses écarts et pour ses faiblesses. Son centre d'activité est partout en même temps; son labeur est infatigable.

Il ne faut ni la maudire, ni la louer.

Cette Nature, que les Chinois aussi bien que les Français et les Prussiens s'accordent — entre quelques murmures de canons et quelques chants de poètes — à appeler *maternelle*, ne donne que pour reprendre à ses heures. Elle nous crée sans jamais nous connaître, sans s'intéresser à nous ses géants, comme elle crée une montagne, un Océan, un lion, un arbre, une source, un chien, une fourmi, une fleur; elle nous concède même parfois quelque chose qui est en elle, dont elle a la nue-propriété, mais dont l'usufruit lui est interdit pour des causes qu'il ne faut pas chercher : l'intelligence et le libre-arbitre.

Je crois bien, cher et grand Dumas, qu'il n'est pas utile de pousser plus loin le problème et que les religions et les sciences futures s'arrêteront comme le passé, comme nous, devant le mystère qui est le secret de la force acquise.

M. Pasteur pourra encore assassiner des germes malsains ; M. Camille Flammarion pourra nous convaincre qu'il y a des milliards d'habitants dans la lune et dans les planètes ; M. Paul Bert pourra trouver les causes et les remèdes de nos maladies dans ses expériences de vivisection ; M. Charcot pourra délaisser l'hydrothérapie et le traitement par les métaux et faire des prodiges avec l'électricité statique, l'électricité, cet agent inconnu, ainsi que l'on disait hier aux examens des bacheliers : il viendra peut-être du fond de l'Allemagne un docteur Knauss appelé à réparer les désastres des frères Krupp, ces *tombeurs* d'hommes : ce géant pourra vulgariser la génération artificielle, aider l'œuvre de création humaine, rendre mères des femmes qui souffrent et qui pleurent dans leur impuissance glacée...

Oui, vraiment, cette fin de siècle toute à la science, qui va bientôt arriver au terme de sa gestation, émerveillera les habitants de la terre...

Et après ?...

Eh bien ! Après ces enfantements gigantesques, il restera encore et toujours l'éternel problème, le problème du mouvement et de la vie, l'éternel inspirateur des in-folios inutiles, des déclamations vaines et des fureurs renouvelées des Grecs.

Donc, cher maître, c'est bien votre avis, je pense,
— il faut nous restreindre et nous contenter d'arracher un par un les petits cadeaux de la grand'maman — la Nature — qui, si elle avait un corps et une
âme, rirait à'tordre son corps et à damner son âme,
de nos découvertes, de nos inventions et surtout de
nos étonnements.

Au moins, avons-nous le devoir de marquer notre
misérable passage, en profitant des enseignements
du jour. C'est pourquoi, si nous ne voulons plus
offrir du vieux neuf, nous briserons les vieux moules
et nous fouillerons la société avec des armes autrement puissantes que celles de nos aînés, même les
plus illustres — avec ces rayons de lumière toujours
plus brillants que les lampes Edison — je veux dire
les sciences : l'anthropologie, l'anatomie, la physiologie — projettent de tous côtés.

Mais nous ordonnerons à la science de ne pas
faire tache d'huile, de rester à l'état de rose vapeur,
afin de ne pas effrayer les adorables fruits secs des
lycées de filles. Le petit serpent caché entre les
lignes rendra nos œuvres plus personnelles, plus
vivantes et plus humaines : et le serpent, ami des
femmes, plaidant notre cause auprès des lectrices,
excusera nos audaces et nos révélations.

Nous n'avons plus le droit d'agir comme de simples faiseurs d'inventaires. Les autres — les grands morts — ont rempli si admirablement ce métier que la comparaison nous paraîtrait trop douloureuse et qu'à si peu de distance notre labeur ne compterait pas.

A l'heure présente, il faut dire aussi le *pourquoi* des choses, sans vouloir monter jusqu'aux nuages, en nous contentant d'interroger le passé, en essayant, avec nos armes nouvelles, de nous connaître nous-mêmes et de connaître les autres, s'il est possible.

Dans le roman contemporain — tous autant que nous sommes, les historiens de mœurs, dans nos joyeusetés comme dans nos tristesses, — nous serons des donneurs de raisons ou nous ne serons pas.

Je reviens à LA CRUCIFIÉE.

Vous m'accorderez, cher maître, que cette digression n'a pas été inutile à mon sujet.

En présentant un personnage tel que Samuel Heymann, j'avais le devoir de rechercher les causes des défaillances de mon héros : ces causes, je les résume en disant que Samuel Heymann est le descendant d'une famille trop longtemps *fermée*, un mauvais produit de dame Nature à laquelle il ne faut jamais garder rancune.

Malgré tout, Samuel Heymann reste au second plan.

Ce qui m'a intéressé surtout dans cette étude de
la vie parisienne : ce qui fait que l'œuvre a tremblé
dans mon être, c'est que j'ai pu voir une femme ba-
taillant dans Paris — se vendant à un monsieur
comme une fille du trottoir — mais, pour des raisons
si hautes et avec des amertumes si poignantes, que
je défie une épouse fidèle de lui refuser son salut et
sa pitié.

Au mari d'une telle femme surprise en flagrant
délit d'adultère, vous ne crieriez pas : *Tue-la!...*
Vous prendriez l'homme par les épaules et vous le
forceriez à s'agenouiller : ce que M. de Lormont n'a
pas fait. Le mari indigne est mort, l'insulte aux
lèvres ; l'amant s'est tué, l'amour au cœur, volant la
mort de sa victime, après lui avoir acheté sa vie. Il
est, de par le monde, certains êtres desquels on ne
doit attendre ni sacrifice, ni pardon.

Madame de Lormont a été crucifiée par deux
hommes, par un mari dénué de sens moral, par un
amant qui serait trop odieux, s'il n'était irrespon-
sable. Seule, elle a gardé presque jusqu'au bout la
plénitude de son libre-arbitre. C'est pourquoi elle a
souffert... Elle a *souffert*... On ne peut dire que
cela, puisqu'il n'y a pas de mot dans les langues

humaines capable d'exprimer les douleurs de cette infortunée...

Vous me comprendrez mieux que personne, monsieur l'auteur du *Demi-Monde*, quand je vous dirai que depuis qu'il m'a été donné de penser, toute ma curiosité s'est portée sur la femme, sur cet être multiple dans ses manifestations, *fatigué*, dites-vous.

C'est la femme toujours nouvelle avec ses caprices, ses défaillances, ses lâchetés, ses héroïsmes ; c'est la femme toujours modifiée par nos conditions sociales dont j'essaie d'approfondir le mystère.

Là-bas, en Périgord, dans mon trou de province, tout enfant encore, quand je surprenais des demoiselles rieuses, causant derrière leurs ombrelles, à l'abri du soleil méridional et des oreilles méridionales aussi, j'aurais voulu me faire tout petit, devenir un Ariel pour écouter sans être vu. Ces charmantes jeunes filles — aujourd'hui des dames sérieuses — s'amusaient beaucoup de ces curiosités du collégien avide de dépouiller l'arbre de la science. Si je voyais des larmes mouiller leurs grands yeux ou des rires s'épanouir sur leurs lèvres roses, j'essayais de deviner le secret de leurs douleurs et de leurs joies enfantines.

Plus tard, jeune homme, ces mêmes rires et ces

larmes, je les vis apparaître sur les visages des
femmes; et, à ce moment, je commençais à comprendre. Les hommes, eux, riaient moins souvent et
pleuraient moins souvent aussi. La femme était
donc un être à part, fait d'une chair toute frêle et
toute délicate, une sensitive.

Alors, j'ai demandé au mari qui a l'orgueil et la
joie de sentir appuyée sur son épaule la tête d'une
compagne aimée et qui l'aime d'être vraiment le protecteur de sa femme; j'ai demandé à la mère d'avoir
plus de tendresse et d'indulgence encore pour sa
fillette que pour le bébé mâle plus capable de résignation; j'ai demandé à l'amant d'être moins dur
avec la maîtresse qu'il paie et qui ne le trompe pas ;
j'ai demandé au législateur de se décider enfin à
tenter quelque chose pour ces filles en cheveux,
pour ces misérables qui déshonorent nos rues, mais
dont la honte, le dégoût, les larmes aussi pétrissent
le pain quotidien.

Toutes, elles sont femmes; presque toutes, elles
sont faibles.


A Paris, au milieu de cette vie terriblement
usante de l'observateur vigilant, à défaut de laquelle
la capitale reste comme un sphinx aux yeux énormes

faits de lumière et de feu qui vous brûlent sans vous éclairer, mon respect et ma pitié pour la femme ont encore grandi.

Le Sphinx parlait : J'ai écouté anxieux, aux heures où la Ville du Plaisir semble enfin endormie. Et voilà que des hôtels somptueux et des maisons les plus modestes; et des rideaux de soie des épousées et des amantes riches; et des rideaux tout blancs des chastes demoiselles ; et des lits sans rideaux des impudiques et des déshéritées, il montait contre Paris et·contre l'homme, plus de cris de détresse que de soupirs d'amour.

C'est sous le coup de ces émotions diverses, et après une analyse patiente, que j'ai écrit LA CRUCIFIÉE.

Ce roman, cher maître, dont vous avez bien voulu être le parrain, ne sera pas inutile, s'il se rencontre en France sept femmes assez vertueuses pour convaincre leurs maris qu'il est des adultères plus glorieux que des fidélités sans bataille.

DUBUT DE LAFOREST.

Paris, octobre 1883.

# LA CRUCIFIÉE

MŒURS PARISIENNES

I

Au moment où le duc de Lormont sortit du cercle des *Artistes-Réunis* dont le chasseur avait ouvert les portes toutes grandes, les cochers de remise qui stationnaient sur le boulevard des Italiens lui offrirent leurs services : il les congédia d'un geste brusque ; et puis, le collet de son pardessus relevé sur son cou, le cigare aux dents, son stick nerveusement serré dans sa main droite, il marcha en se dirigeant du côté du *Vaudeville*, comme marche un homme qui a peur de ce qu'il laisse derrière lui.

On était au mois de novembre 1881. Quatre heures sonnaient. Une pluie fine commençait à tomber. Le duc, après de nombreuses hésitations, entra au *Café Americain*.

Dans les salles du haut, l'animation était grande. Beaucoup de monde. Des groupes bruyants luttant contre la lassitude du matin ; des fleurs fanées aux corsages des femmes ; des roses mortes à la boutonnière des habits ; tous les visages émaciés par la veille, prenant un semblant de vie aux lueurs du gaz, dans une atmosphère chargée des odeurs de cigares, de lubin, de foin-coupé et d'ylang-ylang. Çà et là, quelques malheureuses redingotes en quête d'un dernier verre de champagne, après avoir erré, mélancoliques, dans tous les rendez-vous de nuit.

— Tiens, c'est le baron Nicolas ?... Quelle figure de croque-mort...

— Ruiné, ma chère... absolument ruiné... rincé comme un verre à bière...

— Ce que c'est que de nous... Il était si gentil autrefois... Tout passe... Tout casse... Oh ! ce baccara !... C'est le choléra de Paris !...

Et la pointe philosophique se noyait dans le glouglou d'un sherry-gobler sucé à la paille par des lèvres fardées.

Le duc demanda une bouteille de champagne et s'assit tout seul à une table non encore desservie. Il paraissait avoir une trentaine d'années.

Grand, très brun, la moustache noire, le visage boursouflé, le teint de la couleur des vieux ivoires, la cravate blanche presque dénouée, l'habit fatigué et froissé en maints endroits, le visage éclairé par un rictus amer, tel était le jeune duc Frédéric de Lormont.

Pendant qu'on le servait, une grande fille en robe de velours, aux yeux allumés, dont les oreilles et les doigts étincelaient sous le feu des diamants, vint sans façon le prendre au cou. Il avait rempli son verre. La fille le vida, et élevant elle-même la bouteille, elle se prépara à verser de nouveau.

— Tu as du chagrin, mon gros bébé, bois un peu, ton chagrin se noiera... Allons, glouglou... glouglou...

Elle lui tendait le verre.

Machinalement, le duc se mit à boire ; mais il tremblait si fort que la femme fut obligée de l'aider. A la seconde reprise, ce fut elle-même qui le fit boire à mesure, et, comme il riait tout drôlement, elle lui dit :

— J'ai lu dans mes cartes qu'un homme allait se tuer ; je parie que cet homme c'est toi.

— Peut-être...

— Comment t'appelles-tu ?

Il ne répondit pas.

— Des armes de duc, fit-elle, en lui prenant vivement la main et en regardant une bague.

Et, se raidissant dans une attitude héroï-comique :

— Monsieur le duc de... Turlututu...

— Chut...

Elle parla plus bas :

— J'ai deviné... Alors, pauvre chat, tu veux

mourir ?... Oh ! je connais à ta tête que tu en as
assez de la vie... Tu as le masque, mon bon, tu
as le masque... le masque du joueur... du désespéré... J'avais ce visage-là, le soir où les
agents de police m'ont arrêtée dans la rue
d'Amsterdam... Je voulais me tuer, moi aussi...
Du courage, duc, la vie est une farce qu'il faut
jouer jusqu'au bout...

— Ma chère amie, vous ne buvez pas...

Ils causèrent ainsi pendant quelques minutes.
La femme que l'on nommait Anna-la-Limousine
tenait absolument à emmener le duc chez elle.

Alors, dans le bruit des verres, au milieu des
rires moqueurs, elle se mit à conter qu'elle était
riche, très riche. Elle était venue de Limoges
toute bébête; mais, maintenant, elle connaissait
la vie. Elle avait un hôtel à elle aux Champs-
Élysées, des chevaux, des valets, un train de
maison extraordinairement somptueux... On
s'amusait chez elle... Tout Paris était de ses
fêtes... Un ami à elle, un journaliste, le sémil-
lant Fonreau, que le duc devait certainement

connaître, présidait à l'organisation de ses dîners...

— J'ai traîné la misère, mon cher duc, continua-t-elle à voix haute, je me venge de la misère... Je ne suis pas une fille, moi... Je suis une artiste, une artiste-peintre ; on reçoit mes tableaux au Salon et je saurai bien décrocher une médaille... Un drôle de type, n'est-ce pas ?... Je viens ici en observateur, pas autrement, mon bon... Cela m'amuse et cela me fait pleurer quelquefois aussi de me sentir relevée et enfin maîtresse de moi-même, après être tombée si bas...

Anna se vantait sans doute un peu ; car, dans le voisinage, une grosse blonde haussa les épaules et se mit à rire bruyamment. L'allusion était directe ; et déjà les filles se prenaient de querelle, lorsque le duc ayant demandé et soldé l'addition quitta le restaurant, sans plus s'attarder aux protestations d'amour d'Anna-la-Limousine.

Le jour naissait. Tout le long du chemin, le duc rencontra des balayeurs couverts de toiles grises

et des femmes maigres à faire croire qu'elles
étaient exténuées par les sabbats nocturnes, et
il arriva ainsi jusqu'au n° 80 de la rue Rochechouart. Il monta lentement l'escalier jusqu'au
cinquième étage. Ayant pénétré dans le vestibule,
il sembla réfléchir un instant. Enfin, il ouvrit la
porte de la salle à manger qui servait aussi de
cabinet de travail, une grande pièce, froide et
nue.

Le duc jeta bas son pardessus ; et comme il
pénétrait dans la chambre voisine, une jeune
femme lui barra le passage.

Ils restèrent longtemps debout, l'un devant
l'autre, sans la force d'une parole.

— Je vous ai attendu toute la nuit, dit la duchesse. J'ai passé de longues heures en prières...
Quel malheur venez-vous encore m'annoncer,
monsieur ?

Frédéric baissait la tête. On eût dit que, dans
cet esprit troublé, la situation réelle que l'orgie
avait chassée pendant quelques heures, revenait
impérieuse et brutale. Tout brusquement, ce

visage raidi se détendit et de cette poitrine d'homme, il s'exhala un sanglot d'enfant.

— Je viens vous dire que le duc de Lormont est un misérable...

— Monsieur...

Elle se tut.

— Oui, un misérable, reprit-il en hochant douloureusement la tête... Une canaille...

— Vous avez joué encore ?

— Oui.

— Malheureux... Malheureux...

Il continua son récit dans une sorte de monotonie étrange. Depuis quelques semaines, il n'avait fait que mentir. Sous le prétexte d'un voyage à Versailles où l'attendait une situation honorable, il était allé au cercle des *Artistes-Réunis* avec un sien ami, M. Samuel Heymann... Une déveine incroyable... Espérant gagner une forte somme pour payer ses différences à la Bourse, il avait joué comme un insensé... Bref, il avait signé au caissier du cercle un bon de cinquante mille francs : il avait quatre jours pour payer...

Il était bien décidé à se tuer s'il ne pouvait faire honneur à ses engagements... La Bourse et le cercle lui faisaient un total de cent quarante mille francs... Un joli denier...

Il disait tout ceci comme un enfant qui récite une leçon ; il parlait de se brûler la cervelle ou de se jeter à l'eau, d'une manière tout à fait calme. On voyait bien que le sentiment du réel s'en allait peu à peu de cette organisation tourmentée ; on voyait bien que le gentilhomme mentait et qu'il était incapable de mettre ses menaces à exécution.

La jeune femme n'eut qu'une pensée :

— Mon enfant ?... Mon pauvre bébé ?... Que va-t-il devenir ?... Que va-t-il devenir ?... Mon Dieu, ayez pitié de nous !...

A ce moment, par la porte entr'ouverte, on entendait de la chambre voisine une voix qui disait :

— Papa... papa, viens me compter les côtes... Le diable n'est pas venu, cette nuit... J'ai toutes mes côtes... Une... deux... deux... trois...

1.

C'était le petit Antoine avec lequel le duc jouait tous les matins, prétendant qu'il voulait voir si, pendant la nuit, Méphisto n'avait pas volé une des côtes de son fils.

— J'ai toutes mes côtes... comptez, comptez, père.

Le lit de la mère n'était pas défait.

Le duc restait un peu à l'écart : la voix de l'enfant l'appelait toujours.

— Père, pourquoi maman ne s'est-elle pas couchée hier? Pourquoi a-t-elle tant pleuré? dis?...

La duchesse Marcelle vint auprès de son mari :

— Il ne faut pas, monsieur, que notre enfant ait à rougir de votre nom... Mes bijoux, les quelques pièces d'argenterie qui nous restent encore, cela fera peu d'argent... Je partirai, ce soir, pour la ferme de Bareuil... Je verrai mon oncle Louis...

— L'oncle ne donnera rien, Marcelle... Vous savez bien qu'il nous a déjà refusé...

— Alors...

— Le mieux serait, je crois, que je me rendisse chez Samuel Heymann...

A ce nom, Marcelle tressaillit : mais Frédéric levait les yeux au plafond pour y chercher sans doute quelque théorie de veine et il ne s'aperçut pas du trouble de sa femme.

Frédéric continuait :

— Nous étions un peu en froid avec Samuel qui me gardait rancune de la manière peu bienveillante dont vous l'avez accueilli naguère... Vous n'aimez pas les juifs...

— J'irai à Bareuil.

— Bien.

— Vous devez avoir besoin de repos?

— Je suis brisé.

Le duc se jeta sur son lit.

— Veuillez me faire réveiller à midi pour le déjeuner... Ma mère ne se doutera de rien.

Marcelle habilla elle-même son enfant et ils sortirent tous deux de la chambre, sans faire de bruit.

L'enfant disait :

— Comme papa est pâle, ce matin, mémère?...
Et toi, pourquoi pleures-tu?...

— Tais-toi... Tais-toi...

Marcelle avait ouvert son armoire. Les bijoux
qu'elle comptait vendre avaient disparu.

— Voleur aussi, gronda-t-elle, d'une voix
sourde... Un Lormont qui vole sa femme...

Et elle se mordit les lèvres pour ne pas pleurer.

Vers midi, Antoine frappa à la porte de la
chambre de son père.

Frédéric vint souriant, reposé. Il embrassa sa
mère, la vieille duchesse de Lormont. Le repas
fut gai. On parla de la bonne place que le duc
aurait prochainement dans le conseil d'adminis-
tration d'une grande compagnie financière, et
la douairière qui regardait les yeux de sa bru
pour y chercher la vérité, fut encore trompée
par les belles paroles du gentilhomme.

A cinq heures du soir, la duchesse se rendit

à la gare du Nord et elle prit un billet pour Bareuil-sur-Oise.

Marcelle, fille de riches fermiers, n'avait maintenant pour toute parenté que son oncle Louis, le frère de son père et la famille Parcellier, tous originaires du département de l'Oise. A dix-huit ans, mademoiselle Marcelle Le Vasseur était remarquablement jolie ; grande, blonde, élancée, aux yeux noirs et profonds, d'une distinction toute aristocratique, elle fut recherchée par beaucoup de jeunes gens de la contrée. M. et madame Le Vasseur — et surtout l'oncle Louis qui avait juré de mourir célibataire — auraient été heureux de voir Marcelle s'unir à un propriétaire du pays.

Mais la jeune fille ne paraissait nullement disposée au mariage. C'est à ce moment que le jeune duc Frédéric, dont le château était voisin de la propriété des Le Vasseur, remarqua Marcelle et en tomba éperdument amoureux. Le général de Lormont était mort pendant le siège de Paris, et ce fut la douairière qui, pour l'amour de son fils, passant au-dessus des mésalliances, vint elle-même faire la demande en mariage, à la ferme de Bareuil.

Il y eut des hésitations et des tiraillements. Bien que flattés de cette union, les Le Vasseur n'étaient pas sans crainte au sujet des manières fastueuses du jeune duc dont les journaux de Paris vantaient les fredaines. Les parents de Marcelle se rendirent au désir de leur fille qu'ils savaient rangée et économe, avec l'espoir que la vie de famille mettrait un peu de plomb dans la cervelle du gentilhomme. Seul, l'oncle Louis, demeura intraitable. Dans sa rudesse de paysan enrichi, il se disait que les vieilles races aussi bien que les vieilles fortunes s'en allaient à vau l'eau dans ce siècle de travail.

Le conseiller général républicain trouvait scandaleux qu'en dehors des désordres financiers à craindre, sa nièce épousât un légitimiste. Ce qu'il désirait, lui, c'est qu'une fille de bourgeois devînt la femme d'un bourgeois; et au lieu de s'enorgueillir de la parenté d'un duc qui portait l'un des grands noms de France, il en ressentit une grande tristesse. C'est en vain que le fiancé essaya d'attendrir cette nature farouche; le cœur de l'homme du Nord ne s'ouvrit pas au pardon.

La noce eut lieu. L'oncle Louis n'y parut pas. Le conseiller général, maire de Bareuil, qui habitait une maison proche de celle de son frère, délégua ses pouvoirs à son adjoint; et, du haut de sa fenêtre, il regarda passer les voitures armoriées, la rage dans l'âme.

La brouille des deux frères ne contribua pas peu à la mort du père de Marcelle; les regrets de l'absent firent mourir la mère.

Les jeunes époux habitaient l'hôtel des Lormont au faubourg Saint-Germain, dans la rue de Varennes, un hôtel un peu sombre, un peu sévère, ainsi qu'il convient aux grandes choses qui portent en elles toute l'histoire du passé.

L'oncle Louis avait deviné l'avenir. En moins

de cinq années, la ruine s'abattit sur la famille.
On vendit le château de Lormont; on vendit l'hôtel de la rue de Varennes et le ménage auquel
il était né un enfant, vint habiter un appartement au cinquième étage dans une maison de
la rue Rochechouart.

Au milieu de ses folies scandaleuses, le gentilhomme rencontra un compagnon de plaisir,
un homme qui s'attacha à ses pas, qui devint
son confident le plus intime, un jeune banquier
retiré des affaires, M. Samuel Heymann.

Le duc avait fait la connaissance du richissime Heymann au cercle des *Artistes-Réunis;* il
l'avait invité à dîner à l'hôtel de la rue de Varennes. Samuel était venu plusieurs fois et puis
ses visites s'étaient faites rares. C'est en vain que
Frédéric avait essayé de ramener Heymann;
celui-ci invoquait mille prétextes pour refuser
les invitations; et pourtant sa bourse était toujours ouverte au gentilhomme. Mais le jour de
la catastrophe prévue, le duc de Lormont, qui
avait tenu son ami au courant de toutes ses af-

faires, chercha, sans le trouver, le joyeux camarade. Heymann était en voyage, pendant que les
huissiers saisissaient les biens des seigneurs de
Lormont : ce fut tout à fait par hasard que Frédéric rencontra M. Samuel chez Tortoni, un
soir, où il se disposait à tenter une dernière
fois la veine.

On dîna au cercle. Le duc conta à son ami
tous ses malheurs, et Samuel accueillit fort ga-
lamment toutes les confidences. On passa ensuite à la salle du jeu; et là, Frédéric trouva
un crédit inespéré. Le duc de Lormont taillait,
en malechanceux désespéré, lorsque le caissier
vint lui dire à l'oreille :

— Monsieur le duc. vous êtes à cinquante
mille; il m'est impossible de me découvrir davantage... C'est à peine si je suis en mesure
de rembourser les jetons...

— Vingt louis... rien que vingt louis... Demain matin, à huit heures, j'aurai tout payé...
Allons, monsieur Rodolphe... Vous savez bien
que je donne de bons intérêts...

Le caissier fut inflexible.

— Pas un sou, monsieur le duc... pas un sou...

Et s'adressant aux pontes :

— La banque est adjugée à cinq cents louis...
Messieurs, faites vos jeux !...

Le joueur malheureux chercha du regard Samuel Heymann : l'ami avait quitté le cercle.

Ces deux disparitions subites dans des conditions analogues n'inspirèrent aucune réflexion
au gentilhomme parisien.

Il n'en fut pas de même pour Marcelle. Seule,
la duchesse aurait pu expliquer l'horreur instinctive qu'elle ressentait pour Heymann et qui
avait sa date marquée dans un dîner intime
donné, il y avait deux ans, à l'hôtel de Lormont.
Là, dans la paix du foyer domestique, une vision
troublante avait fait frissonner la jeune femme.
Un soir — pour causer entre amis, on avait
congédié les gens de service — le duc venait
de se lever de table, sous le prétexte de prendre
sur la cheminée une lettre qu'il désirait montrer à Heymann. La douairière de Lormont

s'était retirée dans ses appartements. Frédéric
ne trouvait pas la lettre ; il s'excusa auprès
de son ami d'être obligé de feuilleter les pape-
rasses d'un énorme portefeuille.

— Faites... faites... mon cher duc, murmura
Samuel d'une voix toute naturelle.

Et pendant que Frédéric, les yeux perdus dans
les papiers, ne pouvait rien voir, Samuel Heymann saisit le verre de la duchesse et le porta
à ses lèvres. Marcelle, croyant à une méprise, fit
mine de lever le bras ; mais l'animation subite
de l'ami du duc de Lormont affirma hautement
que l'erreur était voulue.

Le duc de Lormont reprit sa place. La lettre,
une missive quelconque, avait été lue.

— Comment trouvez-vous ce vin ?

— Ah ! mon cher duc, je me sens trop ému
pour vous répondre... Ce johannisberg vous met
la joie et le soleil au cœur...

Le duc Frédéric voulut verser dans le verre
de la duchesse.

— Merci, mon ami.

Et, repoussant le verre où Samuel Heymann venait de boire, Marcelle très pâle quitta la table.

M. de Lormont ne comprit rien à cette scène.

## II

L'oncle Louis achevait de dîner, lorsque Marcelle arriva à la ferme de Bareuil. La ferme est située à quelques centaines de mètres de la gare de Creil. C'est l'établissement agricole le plus important du département de l'Oise, le mieux outillé, celui que l'on cite au premier rang des fermes modèles. Les prix des expositions, les diplômes sont venus récompenser le zèle infatigable du propriétaire de Bareuil : on parle même de la croix d'honneur pour l'oncle Louis, lors du prochain concours régional.

La jeune duchesse avait fait le chemin à pied.

— C'est votre nièce, madame Marcelle !...

cria la servante, qui avait connu la duchesse toute petite.

— Ah! fit simplement le conseiller général.

La duchesse vint à lui, le cœur plein de gros soupirs; elle se jeta à son cou, pendant que la domestique, tout émue, disait en se retirant :

— Encore un malheur!... Pauvre petite dame!...

L'oncle regarda fixement sa nièce :

— Pour que tu viennes à cette heure, il faut qu'il y ait quelque chose de bien grave...

— Bien grave, mon oncle.

— As-tu dîné?

— Non, mais je veux vous parler avant toutes choses.

M. Le Vasseur croisa ses bras sur sa poitrine d'athlète; sa face rouge plantée de favoris épais et tout blancs s'éclaira de fauves lueurs. Son cou de taureau de Normandie ceinturé d'une large cravate noire sembla se gonfler démesurément; très raide dans son ample redingote marron, il se prépara à entendre.

Elle se faisait toute petite pour parler à l'oncle terrible qui écoutait toutes les tristesses et toutes les angoisses de sa nièce sans qu'un muscle de son visage tressaillît.

Quand elle eut tout dit, M. Le Vasseur lança au plafond sa serviette, et il se mit à marcher lentement dans le grand salon très simple de la ferme. Après avoir fait quelques pas, le vieil homme, vert encore, s'arrêta et appuyant ses mains osseuses sur les épaules de Marcelle devenue toute tremblante :

— Ton mari est un gueux...

La duchesse éplorée tendit vers lui des bras suppliants :

— J'ai dit « gueux » et je maintiens le mot, ma nièce... Tu ne me crois peut-être pas... Attends... attends, ma belle.

Et s'asseyant de nouveau, il tira une liasse de papiers de la poche de sa redingote :

— Tu vois ces valeurs, madame la duchesse... il y en a pour dix mille francs... Je les ai payées... Ton mari le seigneur Frédéric de Lormont est un faussaire : il a contrefait ma signature...

Marcelle écoutait haletante et brisée.

— Oui, j'aurais pu envoyer ce monsieur au bagne : je ne sais vraiment ce qui m'a retenu...

Et élevant les papiers à la clarté de la lampe de cuivre, il eut un tressaillement formidable. Les yeux flamboyants, il regardait la signature *Louis Le Vasseur*, et ses doigts nerveux mordaient le papier.

— C'est fort bien imité, ma foi... Quand l'huissier est venu, ce matin, je suis resté sans paroles pendant quelques minutes; ensuite j'ai fait le farceur, en disant que je commençais à perdre la mémoire... Ma signature, je ne la ferais pas mieux... Allons, allons, pour entretenir des drôlesses et courir les tripots, on risque les galères, et c'est le tonton Louis qui paie la danse...

Il saisit le bras de la duchesse :

— Tu m'entends bien : à dater d'aujourd'hui que ton mari ne remette jamais les pieds à

Bareuil : j'ai tout fait pour m'opposer à ce mariage ; je suis un bourgeois, moi, un honnête homme, et je ne veux pas de voleurs dans ma maison : c'est dit.

Marcelle fondit en larmes ; et la voyant ainsi, l'oncle prit une voix moins dure :

— Tu vas dîner, n'est-ce pas ?

— Je n'ai pas faim, mon oncle.

Alors, il la baisa doucement au front.

— Voyons, je ne dois pas me faire plus mauvais que je ne le suis réellement..... Ce n'est pas ta faute, après tout, ma pauvre fille, si tes parents n'ont pas été assez raisonnables pour te garder du danger. Quand le cœur domine la raison, il faut s'attendre à tout..... Voyons, Marcelle, veux-tu que je me sacrifie encore ; veux-tu que j'empêche ton mari d'être déshonoré demain ?... Veux-tu que je répare les infamies commises ? eh bien ! je suis prêt, là, je suis prêt...

La duchesse leva sur son oncle un œil plein de reconnaissance.

— Ma fortune, c'est ta fortune, n'est-ce pas?
Il ne sera pas dit que M. Le Vasseur aura laissé
mourir de faim la propre fille de son frère... Je
payerai les dettes de ton mari; je vendrai, s'il le
faut, ma ferme de Lassigny... Tu viendras habiter Barcuil avec ton petit Antoine que j'aime de
tout mon cœur : tu y recevras ta belle-mère qui
est une sainte femme; et toutes deux, vous com-
manderez ici en maîtresses absolues; mais à une
condition...

— La condition?

— C'est que ton mari sera désormais pour
toi comme s'il n'était pas...

— Abandonner Frédéric, jamais.

— Tu ne m'as pas compris, sans doute, ou
mieux encore, tu ne te rends pas compte de la
situation. Vous aviez un hôtel, cet hôtel a été
vendu; ce château de Lormont qui nous écla-
boussait autrefois, moi et les tiens, appartient
aujourd'hui à un industriel intelligent et labo-
rieux. Vous êtes ruinés, tout à fait ruinés; sans
les quelques milliers de francs que je te donne,

de tout cœur, chaque année, vous crèveriez de misère... Tout ceci est-il vrai?

— C'est vrai, mon oncle.

— Donc, Marcelle, tu as un enfant que tu aimes de toute ton âme; tu es une bonne mère et nul au monde n'a le droit de te reprocher les crimes de l'homme auquel tu as lié ta vie, à une heure où encore enfant, tu ne savais rien des choses de ce monde... Tu es une bonne mère, j'en suis certain... Le sang des Lormont n'a pu empoisonner le sang des Le Vasseur... Si tu restes encore à Paris avec ton mari, Frédéric commettra de nouvelles sottises et peut-être de nouveaux crimes... Je veux te sauver, moi. Quand on a eu le malheur d'épouser un homme semblable à ton mari, on pleure le passé et on reste forte contre l'avenir... Ton enfant passe avant ton mari; tu es épouse; mais tu es mère, et les sentiments maternels sont de ceux contre lesquels rien ne doit prévaloir... Installe-toi à Bareuil et tu seras la joie de mes vieux jours...

— Ce que vous me demandez, mon oncle, est

impossible... Mon existence est liée à celle de Frédéric; j'espérais être heureuse avec lui; je n'ai pas le droit d'être heureuse sans lui... Abandonner mon mari et surtout à un pareil moment, serait indigne d'une épouse chrétienne... Ce serait lâche...

— Tu as bien réfléchi, Marcelle?

— Oh! oui...

Louis Le Vasseur faisait tourner ses pouces.

— Avec les sentiments, on meurt de faim, madame la duchesse; et parfois, on fait pis encore...

— Mon oncle... Mon oncle...

Relevant la tête avec fierté, Marcelle reprit:

— Quel que soit le respect que j'aie pour vous, je ne vous permets pas de me parler ainsi...

Elle allait se retirer. M. Le Vasseur la pria de l'entendre encore.

— Marcelle, tu appartiens à une famille d'honnêtes gens. La mort a fait que je suis aujourd'hui le chef de cette famille: ton oncle, mon cousin Parcellier ne te parlerait pas autrement

que je le fais moi-même; il n'aurait pas un
autre langage avec sa fille, si Jeannine, que tu
aimes tant, se trouvait dans ta situation. C'est un
père qui s'adresse à son enfant; l'amitié excuse
l'autorité et les rigueurs. Je te le dis, Marcelle,
il faut que tu abandonnes ton mari... Il le
faut...

— Je ne le puis pas; je ne le dois pas...

— Alors, tu es perdue, ma fille.

La jeune femme joignit les mains.

— Oncle Louis, vous êtes bon. Vous nous êtes
déjà venu en aide; sans vous, nous serions
morts de faim... Eh bien ! soyez humain comme
vous l'avez toujours été. Frédéric a mal agi:
c'est un malheureux homme, un être faible qui
ne voit de la vie que ses côtés brillants et trom-
peurs; il a besoin plus que personne d'une âme
sœur de la sienne qui veille sur lui; n'exigez pas
que sa compagne lui soit infidèle, qu'elle soit
lâche, au moment du malheur... Notre rôle à
nous, les femmes, c'est de nous montrer fortes
et courageuses dans le danger; c'est d'avoir de

l'énergie pour ceux qui en manquent... Je vous
promets que Frédéric ne recommencera pas...

— Allons, allons, ma fille, je vois que l'influence des Lormont a déteint sur ton esprit...
Tu parles d'honneur et de courage, et le souvenir
de ton enfant est impuissant à te faire sacrifier
cet amour fatal que tu portes en toi... Veux-tu
que je te dise : tu es amante et tu n'es pas mère ;
tu aimes cet homme avec une passion insensée,
une passion de courtisane et non pas d'épouse ;
toi, grande dame, tu aimes ce seigneur indigne comme une fille aime un rôdeur de bar-
rières... Vous êtes toutes les mêmes. Les souillures vous attirent au lieu de vous dégoûter...
Va, duchesse... Continue à vivre et à t'amuser
avec ton duc ; et, dans quelques mois — tu m'entends bien — dans quelques mois, je te retrou-
verai mourante et folle à la *Salpêtrière* ou à
*Saint-Lazare...*

La duchesse bondit sous l'outrage.

— Vous n'avez pas le droit de m'insulter, mon
oncle... S'il le faut, je travaillerai nuit et jour...

Désormais, je ne veux rien de vous... Oh ! rien...
rien...

— A ta guise, ma chère... à ta guise, duchesse...

En se retirant, Marcelle put entendre une
voix qui disait :

— Ah ! frère Julien, il vaudrait mieux que ta
fille fût morte...

Pour ce soir-là, la duchesse demanda l'hospitalité à ses autres parents les Parcellier, qui
habitaient aussi le village de Bareuil. Les Parcellier n'étaient pas bien riches. Marcelle dut
leur taire ses larmes et son désespoir.

# III

Toute la journée, le duc avait couru Paris
pour se procurer de l'argent. Frédéric ne se
faisait aucune illusion sur l'issue probable de
la démarche de sa femme : il savait que le vieil
oncle paierait la dette malhonnête qu'il venait
de lui infliger ; mais il ne pensait pas qu'il con-
sentît à le tirer encore d'embarras. Un de ses
amis du nom de Fonreau sur lequel il avait
compté, ne lui fit même pas l'honneur de le recevoir. Quant à Samuel Heymann, il était resté
sourd à toutes les prières. Le duc avait dit :

— Ma femme signera.

Samuel s'était contenté de répondre :

— Vous savez bien, monsieur, que la duchesse est aussi pauvre que vous.

Alors le duc, en proie à une sourde rage, eut une velléité de révolte. Il voulut dire à cet homme que c'était lui, lui Heymann, qui était la cause de son malheur, parce que lui seul l'avait entraîné à la Bourse et au cercle en lui procurant un crédit trop considérable : il se contint pourtant, et se débattant contre une rancœur désespérée, il regagna son appartement. Quelques heures plus tard, une voiture ramenait la duchesse rue Rochechouart.

Frédéric comprit au regard de sa femme qu'il n'était plus possible de cacher l'histoire des valeurs ; étendant les bras, il les laissa retomber avec un cri de douleur si poignant que Marcelle en devint plus pâle que lui.

— La cour d'assises... Les galères... Non, non... La délivrance... La mort...

Brusquement, il se dirigea vers la panoplie où s'étalaient ses pistolets.

Marcelle le saisit à bras le corps.

— Je ne veux pas que tu meures ; je ne le veux pas... Tu m'entends... Je te défends de te tuer...

— Laisse-moi ! laisse-moi, malheureuse...

— Frédéric, c'est ta femme qui te parle ; c'est ta femme qui t'aime...

Les yeux du duc flambaient.

— Tu préfères donc me voir aller au bagne ?... Avoue que tu ne m'aimes plus !...

Il se dégagea de l'étreinte ; et puis, très froidement, il dit :

— Il n'y a qu'un homme à Paris qui puisse me sauver : cet homme qui me traitait comme un frère m'a chassé de chez lui ; mais ce que l'on refuse à un compagnon de plaisir, on peut l'accorder à une femme qui pleure...

— Cet homme...

— C'est Heymann... Je voudrais...

— Tu voudrais...

— Je supplie la duchesse de Lormont de se rendre à l'hôtel de l'avenue de Villiers...

— Ce n'est pas à votre femme, Frédéric, qu'il

appartient de faire de pareilles démarches...

— Madame, je me tuerai... Un Lormont
ne va pas aux galères... Après ma mort, vous
reprendrez votre nom de Le Vasseur pour
que notre enfant ne soit pas déshonoré...
C'est encore ce qu'il y a de mieux, allez... La
veuve trouvera un mari... Il y avait pourtant
peut-être une chance de me sauver ; la démarche
vous répugne ; n'en parlons plus, madame...

— Du reste, ajouta-t-il, avec nonchalance, je ne
vous ai pas tout dit... M. Samuel Heymann a entre
les mains de quoi me faire arrêter aujourd'hui
même... C'est terrible, mais c'est comme cela...
Je suis deux fois faussaire... J'ai contrefait aussi
la signature de M. Heymann... Les effets seront
protestés demain...

— Oh ! soupira la jeune femme, taisez-vous...
taisez-vous, monsieur... Vous prenez donc plaisir à me torturer...

La duchesse baissait la tête ; mais tout à coup,
dans son regard assombri, il passa un éclair
d'espérance :

— C'est bien, fit-elle simplement ; j'irai chez
M. Samuel Heymann.

Samuel Heymann est né à Vienne. Venu à
Paris depuis de longues années, il a laissé la
direction de la banque viennoise à son frère
plus jeune. On a voulu le marier à une de ses
cousines de Londres, il a fui le mariage.

Il habite un charmant hôtel, tout au fond de
l'avenue de Villiers ; chaque samedi, il accepte
à dîner chez ses parents les Heymann, les grands
banquiers de la rue Lafayette.

Au physique, un très beau garçon, de taille
au-dessus de la moyenne, svelte et nerveux, des
yeux bleus pleins de rêveries, une barbe blonde
frisée, des lèvres un peu minces qui disent une
volonté opiniâtre. On lui connaît peu d'amis,
bien qu'il soit le plus bienfaisant des hommes ;
en fait de maîtresse, on ne lui a jamais connu
d'attachement sérieux, bien que dans le demi-
monde et même dans le monde, plus d'une femme
se soit troublée devant son regard interrogateur

et mystérieux. Le duc de Lormont est peut-être le seul homme qu'il ait assidûment fréquenté ; la nature peu soupçonneuse du parisien viveur s'est livrée tout entière ; celle de Samuel est restée impénétrable.

On le voit conduisant lui-même ses chevaux au Bois ; il a de beaux équipages. Grand amateur de tableaux, Heymann possède une collection superbe. Ni débauché, ni joueur, il a mené sa vie tout artistique jusqu'à l'âge de trente quatre ans.

Le voyant si beau et si bon, on a dit de lui : « *Il a une tête et un cœur de Christ.* »

Eh bien ! il vint un jour où ce masque d'être impassible tressaillit. Sur cette face d'ordinaire souriante et reposée, il passa un vent froid d'amertume et de tristesse. Oui, depuis cette soirée où — comme un voleur — il avait bu dans le verre de la femme si ardemment désirée ; depuis le moment où son regard magnétique s'était croisé avec celui de la duchesse, Samuel Heymann n'était plus le même homme. Il s'était

3

dit : « Cette femme m'appartiendra un jour » ; et, à dater de cette heure, il avait mis tout en œuvre pour arriver à son but.

Madame de Lormont le comprit si bien, qu'ayant peur de l'homme, elle chercha à l'éviter ; il tourna autour d'elle comme un oiseau sinistre qui guette sa proie.

La passion éclata soudaine, irrésistible dans le cœur du jeune Autrichien. L'être tout entier en fut embrasé ; et dès lors, Samuel ne vécut que pour la vision entrevue.

Il rêva la ruine du duc Frédéric et c'est lui qui montra le chemin de la ruine ; il rêva le déshonneur de son ami et l'ami se déshonora ; il voulut la misère pour la grande dame qui le repoussait et la misère ne se fit pas attendre.

Il entra dans la vie du seigneur et il la démolit avec la tenacité d'un paysan qui, cherchant un trésor, détruit sa maison, pierre par pierre. Ce qu'il voulait, ce n'était pas la ruine, ni la misère, ni le déshonneur du mari. Il voulait que la femme aimée — cette vision obsédante de toutes les heures — vînt à lui désolée et suppliante, puisqu'il savait bien qu'elle ne pouvait venir autrement.

Maintenant, il était sûr de la posséder. Son cœur avait assez saigné pour qu'il se montrât implacable.

Samuel attendait Marcelle. C'était son œuvre à lui qui allait enfin se réaliser... Sa chair s'était animée dans des coups de désir... Des irritations lui venaient dans tout le corps...

Il attendait dans son magnifique cabinet de travail dont les meubles disparaissaient sous des brassées de fleurs et de verdure. Les lourds rideaux de soie et d'or étaient ramenés sur les fenêtres : Samuel prêtait l'oreille aux bruits qui montaient de l'avenue. Il était là, enfiévré par les tumulteux battements des sens.

Cette nuit qu'il avait créée, en ce jour d'hiver, peuplait son esprit de mille chimères.

Un timbre retentit. Ce fut Samuel lui-même qui ouvrit la porte.

— Duchesse, soyez la bienvenue, dit-il en s'inclinant respectueusement.

On ne rencontra point de domestiques.

Marcelle, toute vêtue de noir, monta derrière Samuel l'escalier de marbre rose qui conduisait au cabinet de travail; et comme, au moment d'entrer, Heymann s'effaçait pour la laisser passer, la jeune femme fut prise d'un tremblement nerveux qu'elle ne put réprimer.

Au milieu de la salle apparaissait son portrait à elle du temps où, grande dame, elle était la reine des fêtes du faubourg Saint-Germain. C'était bien la longue robe de velours cerise, les mêmes dentelles au corsage, les mêmes roses à la chevelure. C'était bien son sourire à elle du temps où elle était heureuse, la noble dame.

Elle était si émue que Samuel, par deux fois, fut obligé de l'inviter à s'asseoir sur la causeuse : il prit place en face d'elle; et voyant que tout cet appareil la troublait au point de l'empêcher de parler, il dit doucement :

— Pardonnez-moi, madame, de vivre au mi-

lieu de ces souvenirs... Ce portrait est l'œuvre
d'un grand peintre... L'artiste ne vous connaît
pas beaucoup; mais, j'étais là, guidant le peintre
qui travaillait d'après une photographie... J'é-
tais là, lui donnant le courage et l'inspiration...
Il me semblait parfois que c'était ma main elle-
même qui reproduisait vos traits... Ce doux et
noble visage qu'il m'est enfin permis de com-
templer à mon aise...

— Monsieur, je ne serais pas venue, si j'avais
pu supposer...

Samuel se mordit les lèvres.

— Vous savez aussi bien que moi, monsieur,
le sujet qui m'amène...

— Je le sais, madame, continua Samuel.

— Monsieur, un mot de vous va décider du
sort de toute une famille... Le duc de Lormont
a été votre ami, voulez-vous le sauver? Soyez
généreux, monsieur...

— Pour l'amour de vous, il n'est pas d'obs-
tacle que je ne puisse vaincre...

Samuel tremblait en parlant; sous le coup

d'une surexcitation fébrile, il soupira, les yeux
pleins de flammes :

— La douleur vous rend extraordinairement
belle, madame...

— Monsieur...

— Oui, je savais que vous viendriez, et depuis
de longues heures, je vous attendais... Parlez... Parlez encore... Votre voix m'enchante et
m'enivre...

Elle se leva froide et hautaine.

— Il ne me reste qu'à me retirer.

Mais elle revint encore, suppliante, éplorée :

— Monsieur Heymann, le service que je vous
demande au nom de mon mari, au nom de mon
enfant, vous pouvez le rendre. — Soyez généreux... Faites que mon mari n'aille pas au bagne
et je vous bénirai...

Alors ce fut l'homme qui vint à elle, à son
tour, désolé et plein de fièvre. Il dit ses nuits
sans sommeil, toutes les souffrances horribles
qu'il avait supportées, la sachant heureuse avec

un autre; il dit que depuis le jour où ses lèvres s'étaient posées à l'endroit du verre qu'elle avait mouillé de ses lèvres, tout dans la vie avait disparu, et qu'elle seule avait pris dans son être la place de toutes choses.

Elle ne l'écoutait plus et elle semblait murmurer une prière.

Et lui, lui, il la regardait en extase, transfiguré comme les personnages d'Ingres dont le regard se perd dans les profondeurs de l'Infini. Un sourire qui n'est pas de l'homme erra une minute sur la bouche du jeune étranger.

A un moment, il prit les mains de Marcelle dans les siennes; et, s'étant agenouillé, il dit ces paroles exprimant tout son respect et tout son amour :

— Je vous adore, comme vous, femme catholique, vous adorez la vierge Marie...

Marcelle se dégagea vivement :

— Monsieur, monsieur, je veux sortir... Ah! vous êtes cruel...

— Vous marchez à la honte, madame.

— Non, à la mort, répondit-elle, la tête haute, irritée et dédaigneuse encore.

Sur ce mot, toute la passion d'Heymann tomba. Samuel eut peur d'en avoir trop dit et il pria la duchesse de ne pas se retirer encore. Sur ce visage plus calme, on retrouvait quelque chose du paysan farceur et rusé, promenant son voyageur dans les endroits marécageux et faisant salir son compagnon, pendant qu'il en sortait — on ne sait comme — les bottines luisantes et la réputation intacte.

La conversation reprit et la duchesse put croire que Samuel allait céder, quand, se penchant à son oreille, il lui dit des paroles brûlantes en l'embrasant de son haleine.

— Non... non... la honte et la mort plutôt, fit-elle avec un cri d'angoisse.

Éperdue, elle sortit du salon.

Mais dès que la porte du couloir se fut refermée sur elle et qu'il ne lui resta à descendre que quelques marches pour être libre, une sorte de vertige la saisit. Ce soir, le nom des Lormont

allait être déshonoré; l'histoire de cette famille
si illustre se terminait sur les registres du bagne;
elle vit mieux encore : une honte ineffaçable sur
le front de son Antoine bien-aimé... Oui, tous
ces tableaux passèrent devant ses yeux dans une
lueur désespérée : elle prit peur.

Et, abîmée dans cet épouvantement surhumain, il lui sembla que les murs aux larges
arabesques se croisaient devant elle pour l'empêcher de passer... Elle était là, les lèvres toutes
pâles, le front en feu, la gorge haletante... Il
allait être trop tard... Tous ceux qu'elle aimait
étaient perdus... La porte était entr'ouverte et
Samuel enveloppait la jeune femme d'un long
regard d'amour.

Madame de Lormont se couvrit le visage avec
ses mains; et, les yeux pleins de larmes, de
larmes de morte-vivante — la mère dit froidement ces mots, où criaient sa pudeur révoltée et
son sacrifice : — Je vais me vendre, monsieur...

3.

## IV

Les dettes de Frédéric de Lormont avaient été payées par Samuel.

Marcelle, dont toute l'activité allait être mise en œuvre pour s'acquitter vis-à-vis de M. Heymann, exhortait chaque jour son mari à chercher un emploi. Les démarches répugnaient au gentilhomme qui passait maintenant ses nuits dans les cafés des boulevards extérieurs.

Frédéric ne tarissait pas d'éloges sur le compte de Samuel :

— Ce diable d'Heymann... Il me fuit... Il se dérobe à ma reconnaissance... Excellent cœur va...

Depuis son voyage à la ferme de Bareuil, la duchesse n'avait pas écrit à sa cousine mademoiselle Parcellier. Au matin, elle était furtivement partie et la jeune fille qui n'avait pu quitter son père un peu souffrant en ce moment, avait écrit rue Rochechouart. Ne recevant pas de réponse, mademoiselle Jeannine Parcellier s'était rendue à Paris, pressentant quelque gros malheur. Elle était venue, disposée à sacrifier la petite fortune qu'elle tenait de sa mère. Un mot de Frédéric calma toutes ses inquiétudes.

— Tout est payé, Jeannine.

— Par l'oncle Louis?...

— Joliment... Par un étranger, un ami, un frère...

La cousine n'en demanda pas davantage.

Marcelle et Jeannine étaient des amies d'enfance. Bien que la duchesse fût âgée de quelques annnées de plus que sa camarade — Jeannine avait dix-neuf ans — la plus grande intimité n'avait cessé de régner entre les deux jeunes femmes.

La fille de M. Parcellier aimait Marcelle et il lui sembla que le grand malheur qui avait frappé la duchesse lui imposait le devoir d'être encore plus affectueuse que par le passé : elle éprouva comme une satisfaction intime de rendre ses visites plus fréquentes au modeste appartement de la rue Rochechouart. Des situations sociales différentes n'avaient diminué en rien l'amitié réciproque des deux filles du Nord et l'infortune soudaine de la duchesse trouva un écho douloureux dans le cœur de celle qui se disait la petite sœur de Marcelle.

Aussi, Jeannine avoua dans sa naïveté charmante qu'elle regrettait presque de voir ses parents tirés d'affaires sans elle.

— Un étranger, disait-elle, n'avait pas le droit de passer avant moi.

— Ta fortune n'aurait pas suffi, ma bonne Jeannine, murmura Marcelle en pressant la demoiselle dans ses bras.

— Et si ma fortune eût été suffisante, aurais-tu cherché ailleurs ?

— Je ne pouvais pas te dépouiller.

— Tu étais bien certaine pourtant que jamais je ne t'aurais reproché ce service...

— Chère âme...

— Et l'autre, et cet ami, cet étranger dont je n'ai pas à savoir le nom, as-tu la certitude qu'il ne te reprochera jamais ce bienfait?

Marcelle porta sur sa cousine un regard indéfinissable.

Toutes deux, elles aimaient à se rappeler leurs joies de jeunesse. C'étaient elles qui — autrefois — à l'église de Bareuil-sur-Oise étaient chargées du soin des ornements des chapelles. Quand il y avait une quête à l'église, c'étaient elles qui la faisaient et on les voyait vêtues de blanc, à l'entrée du temple, lors des cérémonies du Jeudi-Saint. Un dimanche, pendant la messe, Marcelle Le Vasseur avait présenté une bourse de velours bleu à un élégant monsieur venu de Paris qui se tenait très fier dans une stalle réservée depuis des siècles à sa famille. C'est de ce jour que Frédéric de Lormont qui donna une poignée d'or sans compter à la quêteuse, prit place dans le cœur de Marcelle.

La duchesse avait gardé de ses premières années une sorte de mysticisme étrange ; et c'est peut-être dans ce mysticisme même qu'elle puisa le courage nécessaire à son sacrifice.

Ce matin-là — pendant que M. de Lormont, toujours à la recherche d'un situation introuvable, courait les rues de Paris — les deux jeunes femmes causaient dans le salon.

Un petit salon tapissé de papier rose et blanc dans lequel se trouvaient quelques épaves des meubles de l'hôtel de la rue de Varennes. Aux croisées faisant face à la rue Rochechouart des rideaux en tapisserie, le travail de Marcelle. Au-dessus du piano, les portraits de deux ancêtres, celui du père de Frédéric, le général de Lormont qui se fit tuer pendant le siège de Paris, celui du trisaïeul, un membre du Parlement. La généalogie s'arrêtait là, les autres portraits ayant été vendus par le duc de Lormont.

La famille conservait encore avec un soin tout religieux un christ de grandeur nature en bois sculpté, une merveille d'art datant de la Renaissance. C'était devant ce christ placé en face de son lit que la duchesse allait prier. Frédéric trouvait que Samuel Heymann avait une ressemblance étonnante avec le Christ, il le disait souvent — à propos de rien — et il ne s'apercevait pas de l'altération des traits de sa femme à cette redite continuelle.

— Ta belle-mère ne va pas mieux? interrogea mademoiselle Parcellier.

— Non, ma bonne Jeannine, chez elle le moral est encore plus affecté que le reste... Elle a vu tant de choses tristes...

— Tu es courageuse, toi.

— J'ai bien besoin de courage.

— Tu travailles trop... Voyons; prends un peu de repos... Tu te rendras malade...

— Je dois livrer cette tapisserie, ce soir... Il faut que tout soit terminé...

Jeannine s'avança près du métier.

— Ce dessin est vraiment charmant... C'est pour un prie-dieu, sans doute?

— Oui.

— Tu es une fée, ma belle Marcelle... Leçons de piano, broderie, tapisserie...

— Aussi, je gagne beaucoup d'argent, ma chère Jeannine...

— Oh! beaucoup d'argent... c'est-à-dire que toutes tes marquises et toutes tes comtesses de pacotille te trompent... Elles ont des travaux magnifiques pour presque rien... Et puis, veux-tu que je sois franche : ces dames se vantent; elles disent : Ceci vient de la duchesse de Lormont; cette collerette a été brodée par des mains de duchesse... Devinez?... On devine. Et les belles dames anoblies d'hier ne sont nullement fâchées de l'humilier un peu... Faire travailler une vraie duchesse, cela pose bien mesdames du haut commerce de Paris...

— Ne sois pas méchante, Jeannine.

— Je dis la vérité... Tiens, l'autre soir aux « FRANÇAIS », j'entendais une dame voisine de

ma loge qui se pavanait, pendant un entr'acte,
un mouchoir brodé à la main; elle disait aux
personnes de son entourage : « Il me coûte cent
francs. » Elle assemblait toutes les oreilles de
son monde et elle continuait : Du travail de duchesse, hein?... De duchesse?... faisait-on en
chœur; et c'était la dame qui devinait pour les
autres... J'étais rouge de colère; je l'aurais
battue... On m'a appris que cette dame était la
comtesse de Tessières... une jolie comtesse,
ma foi...

— La comtesse ne me donnerait plus de travail, si elle t'entendait... il eût été généreux de
taire mon nom... Mais, Jeannine, j'ai besoin de
travail et il me faut souffrir...

— Pauvre Marcelle... Il est un autre personnage auquel je garde rancune, je te l'affirme...
Ton oncle Louis a mal agi; c'est un mauvais
homme... Oh! tu n'as rien voulu dire, la nuit où
tu es venue si triste nous demander l'hospitalité... Marcelle, nous avons lu dans ton âme,
mon père et moi : nous avons compris tout

ce que tu souffrais... Le frère de ton père avait
le devoir de te venir en aide; après lui, c'était à
moi qu'il appartenait de me sacrifier pour ma
cousine, pour mon amie d'enfance : un étranger
a pris ma place, tant pis...

Le duc entrait dans le salon. Mademoiselle
Jeannine cessa de parler.

Toujours insouciant et charmant à la fois,
Frédéric se mit à conter le résultat de ses visites.
A l'imprimerie Dupont, on lui avait offert un
emploi, un drôle d'emploi. Il s'agissait de servir
d'intermédiaire entre le ministère de la guerre
et la maison ; un député influent de l'Oise l'avait
recommandé ; et peu s'en était fallu vraiment
que, de guerre lasse, il n'acceptât de jouer le
rôle de domestique idiot qu'on lui avait proposé.

— Que voulait-on de vous? demanda fièrement Marcelle.

— Ah! ma chère femme... On voulait que le
duc de Lormont traversât dix et vingt fois par
jour les rues de Paris, avec des paquets sous le
bras; on voulait que le seigneur ruiné devînt un

larbin de troisième classe... Le faubourg Saint-Germain recevait une leçon...

— Et vous avez refusé?

— J'ai refusé, duchesse.

— Vous avez eu raison, Frédéric.

Et ayant dit, Marcelle se remit vaillamment à l'ouvrage. Jeannine ne résista pas au désir d'embrasser sa cousine :

— Ah! tu es grande... grande...

Au fond, la duchesse n'était pas la dupe des mensonges de son mari; mais elle lui savait gré de rester fier devant le malheur. Elle, la bourgeoise, elle pouvait se tuer au travail; mais lui, le grand seigneur, il faisait bien de ne pas amoindrir sa taille. C'était un Lormont, un « de » Lormont; elle était une Le Vasseur : ceci disait tout.

Et elle s'identifiait si bien dans son rôle qu'elle admirait Frédéric, même dans ses folies. Son Frédéric, il était gentilhomme jusque dans la moelle. Était-ce sa faute à lui s'il était né dans un milieu que les bourgeois ne pouvaient comprendre ? Allons, allons, le sang parlait en lui ; son bon cœur excusait toutes ses fautes : il n'avait que vingt sous en poche, il les donnait à un pauvre ; il possédait un louis, il envoyait un bouquet à sa femme ou un jouet à son fils. On ne pouvait raisonnablement lui en vouloir de ne pas être bourgeois et mesquin.

Sous ses vêtements un peu démodés mais tenus par la femme dans une propreté irréprochable, le duc avait grand air. On ne s'y trompait pas ; et jusque dans cette maison, le concierge insolent avec les autres locataires se sentait tout petit devant M. de Lormont, et il le saluait plus bas que les autres locataires plus riches.

Marcelle qui se levait au jour s'occupait du ménage, la bonne ne pouvant suffire à tout. Elle confectionnait les vêtements ordinaires de son enfant, raccommodait le linge de son mari ; et puis, vers deux heures, elle donnait une leçon de piano à la fille de M. Séverin, le locataire du troisième. Le reste de son temps, elle le consacrait aux ouvrages de dentelles et de tapisserie

qu'elle vendait aux bonnes bourgeoises parisiennes et même aux anciennes amies du faubourg Saint-Germain.

La douairière de Lormont, presque toujours
malade, admirait l'énergie de sa bru; et celle-ci
disait simplement :

— Je travaille pour me distraire... Ne me
plaignez pas, maman.... Je m'ennuie lorsque je
ne fais rien.

Jeannine, elle, ne pouvait taire ses élans de
tendresse et d'admiration.

— Tu es une sainte, murmurait-elle encore.

Et la duchesse — au souvenir de son sacrifice
— baissait la tête; et tourmentée, déchirée par
l'odieuse vision dont elle seule connaissait le
mystère, elle se revoyait sortant de l'hôtel Heymann, succombant sous l'opprobre et sous la
douleur de son rôle de prostituée.

— Si on savait...

Et ces trois mots se clouaient dans son cœur,
à chaque heure, à chaque minute, sanglants,
vengeurs.

Le dîner eut lieu à six heures.

Quand dans cette salle à manger si bourgeoise, la douairière doucement appuyée sur l'épaule de Marcelle, eut pris place, le cadre sembla s'agrandir : on eût dit que les murs prenaient un aspect sévère et solennel.

Malgré les ans qui pesaient sur elle, Gersinde de Lormont était belle encore avec son profil de médaille romaine et ses longues papillottes toutes blanches et toutes frisées. Assise sur son fauteuil Henri II — un cadeau de M. Parcellier — elle semblait une grande reine en exil présidant un repas, chez des exilés, ses sujets fidèles.

Toute droite, elle avait dit le *Benedicite* d'une voix douce et grave et elle avait mis longtemps, bien longtemps, parce que la maison avait besoin de longues prières.

Si parfois, la vieille dame revoyait les gloires passées, son père ministre du roi, son mari le général fameux tué en 1870, les ancêtres des Lormont, ses ancêtres à elle aussi, les Drouot-Brézières dont les noms flamboyaient dans l'his-

toire de France ; si elle reportait sa pensée à sa
jeunesse passée à la cour, madame Gersinde
avait des pâleurs de morte. Mais, sous l'effort de
la volonté, le visage reprenait bien vite sa pla-
cidité ordinaire. — Une de ces placidités de
statues si majestueuses que leur base fût-elle
chancelante, on passe encore devant elles, chapeau bas. La douairière grandissait la maison
jusqu'à sa taille.

— Eh bien ! Frédéric ? demanda-t-elle avec
bonté, nous pouvons parler devant Jeannine
qui est une parente, avez-vous enfin trouvé une
situation convenable ?

Ce fut Marcelle qui prit la parole :

— Nous avons de bonnes nouvelles, mère.

La douairière hocha la tête :

— Un Lormont ne saurait déchoir en travail-
lant, quand sa femme travaille.

— Pourtant, mère, je ne puis accepter une
place de valet.

— Il est des emplois, mon fils, qui ne tou-
chent nullement à la domesticité... Il ne faut pas

que la noblesse pense encore que le travail dégrade l'homme...

La duchesse, par un regard tout triste, supplia la mère du duc de ne pas continuer ; et sur cette parole que Frédéric serait prochainement nommé inspecteur au *Crédit foncier*, on parla d'autre chose.

Le nom d'Heymann fut plusieurs fois prononcé par Frédéric ; et, à la fin du repas, sans l'avoir désiré, Jeannine savait que le richissime Heymann était le sauveur de la famille.

— C'est très drôle, faisait Frédéric, plusieurs fois je me suis présenté à l'hôtel de l'avenue de Villiers pour remercier notre ami... Jamais personne...

— Un grand cœur comme M. Samuel, conclut la douairière, souffre des sentiments de gratitude qu'on lui témoigne.

La conversation tomba.

Au salon, on fit un peu de musique. Sur la demande de Jeannine, madame de Lormont joua une mélodie qu'elle avait composée autrefois.

Le petit Antoine, élégant comme un page dans son costume de velours, causait avec mademoiselle Parcellier :

— Que veux-tu être, mon petit homme ?...

— Général, n'est-ce pas ? demandait le père.

— Non... pas général... Évêque.

La grand'mère souriait au futur prélat.

Frédéric s'était approché de Jeannine.

— Cousine, vous ne songez pas au mariage ?

La demoiselle eut une moue ravissante :

— Pas encore, cousin.

— Votre principale condition, mignonne ?

— Habiter Paris.

Le duc se pencha à l'oreille de la jeune fille :

— Je crois avoir mis la main...

Il ne finit pas sa phrase. M. Parcellier qui était allé dîner chez de vieux amis au Marais, entrait au salon. On devinait en lui un de ces bons fermiers du Nord, froids, réservés, sans grandes manières. Il se présenta gauchement et serra entre ses mains robustes la main fluette que lui tendait la douairière ; il se sentait intimidé devant

4

la vieille dame. Son visage glabre, son teint fortement coloré, ses larges dents blanches et son épaisse chevelure lui donnaient l'air d'un gros curé de campagne.

— C'est un 1830.... disait le duc de Lormont... Il serait très chic en soutane...

Mieux que personne, M. Parcellier savait le bien que les Lormont avaient fait au pays, du temps où, simple employé dans une raffinerie de Compiégne, il commençait à faire fortune. L'oncle Louis ne lui plaisait guère avec sa morale de toutes les heures et ses idées de l'autre monde. On n'avait le droit de s'ériger en moraliste qu'autant qu'on était généreux et bon pour les cervelles légères. Le maire de Bareuil était inexcusable d'être resté insensible devant les larmes de sa nièce.

Il est vrai qu'en parlant ainsi, M. Parcellier ne connaissait pas les agissements du duc Frédéric.

— Puisque les parents tout proches ne sont pas des parents, dit-il, avec sa grosse voix qui blésait un peu, rappelez-vous, mon cher duc, que notre maison, c'est la vôtre, n'est-ce pas Jeannine?

— Oh! oui, père.

Frédéric était rêveur.

— Oncle Parcellier, vous ne connaissez pas notre bienfaiteur?

— Non, mais quel qu'il soit, c'est un brave homme...

— Vous ne devineriez pas. C'est un israélite...

— Je n'aime guère les juifs... Dites toujours...

— C'est mon ami Samuel Heymann...

— Le neveu du grand banquier, l'archi-millionnaire?

— Tout juste.

— Je savais que les Heymann font beaucoup de bien à Paris...

— Samuel m'avait refusé tout d'abord...

Marcelle s'était levée :

— Vous ne partirez pas, ce soir, M. Parcellier.

— Ma chère Marcelle, nous resterions à Paris

avec bien du plaisir, mais, les affaires sont les affaires... C'est le franc-marché à Beauvais, demain.

Le duc sourit.

— Et papa Parcellier ne manquerait pas le franc-marché pour un boulet de canon...

— C'est vrai, mon cher duc.

Et le bonhomme murmura encore :

— Les affaires sont les affaires...

— « *Les affaires sont les affaires* », dit Frédéric railleur : c'est le refrain d'une chanson des « Ambassadeurs... »

Sur ces mots, les Parcellier prirent congé des Lormont.

— Brave homme, dit madame Gersinde, il porte inscrits l'honnêteté et le dévouement dans ses yeux.

— Mais, il n'aurait pas inventé le phonographe, continua Frédéric... Oh ! pour cela, non...

— Tu as tort de parler ainsi, dit Marcelle.

La douairière s'acheminait vers sa chambre.

— Sais-tu, Marcelle, qu'il me vient une crâne idée?

— Quelque méchanceté encore, peut-être?

— Non, tu vas voir... Tu aimes ta cousine, pas vrai ?

— Certes.

— J'ai songé à marier Jeannine... Tu diras que je déraisonne; mais, on en voit de tant de couleurs sous le gouvernement de la République française, que tout me paraît possible.

— Et quel serait le prétendant?...

— Je pourrais te le donner en mille... Il n'y a que moi pour avoir des idées pareilles : j'ai tout bonnement pensé que la cousine Parcellier pourrait devenir madame Samuel Heymann...

— C'est insensé, dit la duchesse d'une voix stridente.

— Pourquoi donc?... Les Heymann ne se mariaient autre fois qu'entre parents; mais tu sais que mademoiselle Heymann de Londres a épousé lord Ratersy, et que mademoiselle Hey-mann de Paris devient la femme du duc de

4.

Garlès... Rien d'impossible alors, à ce que M. Heymann de Vienne soit le mari d'une bourgeoise de France... Tu ne réponds pas?... Mais, c'est le bonheur de ta cousine que je prépare.

— M. Heymann est de religion israélite...

— Samuel se fera catholique... Sa cousine Rachel, de Francfort-sur-le-Mein, qui va épouser un prince, devient catholique... Samuel a les mêmes droits... Les Heymann désertent la foi israélite; ils mettent au service du catholicisme leur argent et leur influence... La religion est battue en brèche de tous côtés... Nous, les croyants, nous avons le devoir de bien accueillir les nouvelles recrues... C'est drôle, on dirait qu'en parlant ainsi, je te fais de la peine?...

## V

Depuis quelques minutes, Marcelle regardait la pendule du salon. A un moment, elle se leva ; et comme le petit Antoine qui jouait auprès d'elle la suivait, inquiet, elle le poussa un peu fort vers la porte :

— Va retrouver ta bonne... Allons va : il faut que je sorte.

— Tu ne m'emmènes pas, maman ?

— Non... non...

— Mémère, je serai bien sage...

— J'ai dit : non.

— Oh ! la méchante mémère...

L'enfant s'en allait, traînant par la corde un

polichinelle; il faisait : ouh!... ouh!... et puis
son rose visage souriait et ses petites lèvres res-
serrées claquaient sous un baiser qu'il envoyait avec ses mains — un baiser qui sifflait
dans l'air comme un cri d'oiseau, par une belle
matinée de printemps. Elle l'appela de nouveau
et elle l'embrassa aussi fort qu'elle put...

— Encore, encore, disait le bébé, gracieux
sous sa large collerette blanche où s'épandait sa
chevelure blonde frisée.

Et ils jouèrent tous deux, à mains chaudes.

— Laisse-moi, laisse-moi, dit la mère.

Et tout brusquement, après avoir jeté sur
ses épaules une visite de drap noir, Marcelle
sortit du salon.

En passant près de la cuisine, elle cria à Gabrielle, la domestique :

— Si monsieur rentre avant moi, vous lui
direz que je suis chez la comtesse de Tessières.

— Oui madame.


Il était quatre heures, le commencement de

la nuit en novembre. Madame de Lormont
descendit la rue Rochechouart. Arrivée à l'avenue Trudaine, elle prit une voiture qui re-
montait à vide. Son agitation était telle qu'elle
oublia de dire l'endroit où il fallait la conduire.

En refermant la portière, le cocher l'interrogea :

— Avenue de Villiers, fit-elle... Au fond de
l'avenue... Je vous arrêterai.

L'homme sourit bêtement et le fiacre partit
au trot.

De temps à autre, la figure de la duchesse
se contractait douloureusement ; dans ses yeux,
il y avait des larmes étendues qui, ne pouvant
déborder, la faisaient encore plus souffrir ;
son corps raidi s'était enfoncé en arrière,
comme si elle eût craint d'arriver trop vite au
terme du voyage.

On longeait l'avenue de Villiers.

La voiture filait toujours et les arbres dessé-
chés s'en allaient, pareils à des squelettes en

déroute : la jeune femme se reculait plus loin
encore dans le fond du fiacre, les mains jointes,
le regard fixe.

Elle descendit, solda le cocher, et celui-ci la
voyant si jolie et si pâle, secoua la tête avec un
rire goguenard.

Marcelle continuait la route à pied, rasant
les façades des maisons, s'y heurtant parfois : à mesure qu'elle avançait, son visage
prenait une expression plus douloureuse encore.

Enfin, elle s'arrêta devant un hôtel aux longues grilles blanches. La porte de service était
entr'ouverte. Marcelle suivit une allée qui menait à une marquise de verre.

Sans qu'elle eût besoin de sonner, les portes
s'ouvrirent d'elles-mêmes. La jeune femme tremblait bien fort ; elle fut obligée de s'appuyer
contre les murailles peintes du grand couloir
où elle pénétrait ; M. Heymann très élégant,
vêtu d'un veston bleu qui laissait voir une chemise de soie blanche brochée, chaussé d'espa-

drilles tissées d'or, vint respectueux, la prendre
par la main.

Elle monta ainsi les quelques marches de
marbre rose conduisant à un salon ; elle allait,
inconsciente.

— Madame... Madame Marcelle, faisait
l'homme très ému, très tremblant, très pâle...
Pardonnez-moi, je vous aime, je vous aime à
en mourir...

Assise dans un fauteuil, la duchesse croisait
les mains, immobile, effrayante dans sa beauté
glacée.

Samuel Heymann se tenait debout auprès
d'elle. Pendant longtemps, il la regarda comme
l'on fait d'une merveille d'art ou mieux encore
d'une chose sainte ; puis il s'agenouilla et, avec
une délicatesse infinie, il entoura le cou de la
duchesse avec ses bras. La jeune femme parut
s'abandonner ; ses mains se détendirent, im-
puissantes et molles. Seul, son regard conserva
cette fixité désolante des yeux des folles spéciales
braqués sur un objet lumineux.

Samuel lui prit les mains : les mains étaient froides; la baisant au visage, il ne rencontra que la glace d'un marbre.

Alors, dans un langage chaud et coloré, il dit ses nuits sans sommeil, sa vie sans espoir. Il dit l'enivrement dans lequel il avait vécu depuis le jour où Marcelle s'était donnée à lui; il parla de cette retraite qu'il s'était créée à lui-même, fuyant Paris et ses fêtes... Oh! il aurait bien voulu ne pas avoir à agir en maître : il fallait l'excuser... Il y avait en lui des forces irrésistibles... Le combat entre sa passion et l'honneur avait été rude... Il était vaincu...

Elle ne répondait pas.

Le masque de l'homme humble et suppliant devint tout à coup impérieux.

La dernière fois qu'elle était venue, il avait eu pitié d'elle, espérant encore, espérant toujours qu'elle aurait pitié de lui et qu'elle viendrait lui dire un jour : « Tu ne m'as pas volé mon amour; tu m'as obtenue, après m'avoir conquise; je t'aime. » Il avait été un esclave soumis, un amant imbécile, quand il aurait dû être un maître. Vraiment, la chose était plaisante : la dame était partie délivrée de son cauchemar de quelques minutes; et lui, lui, il avait pleuré de longues heures, seul, tout seul... Maintenant, c'était la bête qui hurlait, la bête avide de jouissances rêvées, se cabrant sous les douloureuses morsures du désir.

— Je veux que vous me parliez, grondait-il, en lui serrant les poignets... Je le veux... Je le veux...

Et dénouant la superbe chevelure de Marcelle, il prenait par masses les blonds cheveux entre ses mains fébriles. Il les promenait sur sa bouche, sur ses yeux, sur tout son visage : Il s'enivrait ainsi de cette senteur de femme.

— Oh! vous me méprisez bien? madame, vous me haïssez... Qu'importe?... Pourvu que je sois quelque chose pour vous, ange ou bête, je suis heureux...

Sur un guéridon apparaissaient des écrins, un cadeau de Samuel destiné à Marcelle.

—Ce sont vos bijoux de famille que j'ai rachetés... La chose vous plaît-elle, madame?... Vous refusez encore?...

Madame de Lormont ne répondit pas.

— Oh! par pitié, murmura-t-il, la gorge oppressée, ne soyez pas ainsi... Je vous aime tant... La fortune n'est rien. Vous êtes ma vie... O Marcelle, ne me jugez pas sur l'acte horrible qui vous a livrée à moi : L'amour fait des désespérés... Je voudrais pouvoir tout effacer, je voudrais pouvoir te dire : « Va, tu es libre... » Je ne puis pas, vois-tu, quand tu n'es pas là, il me semble que je ne suis plus moi-même; mon âme m'abandonne et marche avec toi... Sois clémente...

— Monsieur, fit la duchesse en se dégageant, vous savez bien que la femme qui est devant vous ne vous a jamais aimé; vous savez bien qu'elle s'est vendue, et que si elle est chez vous à cette heure, c'est parce que vous avez entre les mains des papiers compromettants pour l'honneur de son mari... Monsieur Heymann,

n'espérez jamais mon amour... Je me suis vendue...

— Vendue... Vendue, à cause de lui?... Vous
l'aimez donc bien?

— Je l'aime... Oui, je l'aime...

— Vendue !...

Ce mot tombait sur Heymann et il s'enfonçait
dans sa poitrine comme un glaive déchirant.

— Ainsi vous ne m'aimerez jamais, madame?

— Jamais.

— Vous ne le pouvez pas ?

— Je ne le puis pas, je ne le veux pas, monsieur...

Heymann s'était dressé ; l'incendie s'allumait
dans les yeux de l'amant terrible :

— Eh bien ! femme qui désole, je me délivre
de cet enfer... Je prends Dieu à témoin que vous
pouviez faire de moi le plus généreux et le meilleur des hommes... J'ai été respectueux; vous
vous êtes moquée de mon respect; j'ai pleuré
des larmes de sang, et mes larmes vous faisaient sourire. J'en ai assez de ces opprobres

et de ces douleurs; mieux vaut l'infamie... J'ai la rage au cœur... Ce n'est plus un homme qui vous parle, ma noble dame, c'est un misérable... La passion enfante des dieux et aussi des monstres... Je suis un monstre, moi...

La duchesse le regarda, impassible.

Samuel ne voyait pas; il ne comprenait pas. Cette attitude de crucifiée l'exaspérait encore; plus elle s'abîmait dans sa résignation, plus il se sentait meurtri par l'aiguillon des sens.

Il s'avançait vers elle; il la regardait les yeux dans les yeux ; il la couvrait de son corps... Oh! il la possédait bien maintenant : elle était bien à lui. La main blanche n'avait-elle pas tremblé? Le cœur n'avait-il pas battu bien fort? Le corps tout entier n'avait-il pas tressailli, quand il l'étreignait entre ses bras ?...

Certes, une femme ne pouvait rester insensible. La chair est la chair... La femme aimée s'était livrée enfin !... Oui, vraiment, il l'avait possédée, dans un de ces éclairs de feu et de vie où son être à lui s'était embrasé...

Non... non... Samuel se trompait. Ses sens, vivement excités, devenaient fous sous les ardeurs de la névrose, sans quoi il se fût aperçu que pendant tout le temps que dura cette scène, le corps de la duchesse n'avait été, entre ses mains, que « comme un cadavre entre les mains du laveur des morts. »

Marcelle quitta l'hôtel de l'avenue de Villiers.

Elle allait, portant dans tout son être une telle désespérance qu'elle marchait non plus sur le trottoir, mais au milieu de l'avenue, se rangeant à peine aux cris des cochers, attendant l'heure bénie où elle serait broyée vive sous les pieds des chevaux : elle n'eut pas de mal pourtant, et il fallait bien que quelque ange du ciel ou quelque démon vengeur la préservât d'elle-même pour la faire souffrir encore.

Il lui vint aussi à la pensée de se défigurer, de couper ses cheveux d'or qu'un souffle impur avait sali ; elle voulait meurtrir les lèvres que des lèvres odieuses avaient profanées... Alors,

Heymann ne l'aimerait plus ; alors aussi, on verrait Frédéric coiffé du bonnet des forçats...
Antoine, le fils d'un galérien... Non, non, pour
elle, la boue et l'infamie, puisque la boue et
l'infamie pouvaient seules sauver ceux qu'elle
aimait...

Mais à quelques pas de la maison de la rue
Rochechouart, le visage de la femme adultère
s'apaisa ; on eût dit que quelque magicien las de
la voir tant souffrir faisait tout à coup disparaître les signes de la douleur supportée. Marcelle n'était plus la même femme, au moment où
Frédéric, qui l'attendait, la pressa sur son cœur.

— Comme tu as été longtemps à venir ?...
Moi, j'ai couru Paris ; j'ai de très bonnes nouvelles...

— Tant mieux, mon ami... Tant mieux...

Marcelle l'avait tellement exhorté au travail ;
elle avait mis tant d'opiniâtreté à lui faire comprendre la nécessité de trouver une position, que
Frédéric s'était enfin décidé à chercher. Il revenait toujours plein d'excellentes promesses. Le

*Crédit Foncier*, la *Compagnie du chemin de fer du Nord*, les *Assurances*, tout le monde le voulait; mais il ne pouvait vraiment accepter comme cela à la légère...

— Quand on s'appelle le duc de Lormont, on ne doit pas se mêler à certaines gens... Est-il vrai, ma femme?

Et Marcelle, décidée à lui pardonner, même s'il l'eût souffletée, répondait :

— C'est vrai... Tu es un Lormont...

Dès que la duchesse avait quelque argent provenant de ses travaux de broderie ou de ses leçons de piano, elle se faisait une joie de le donner à son mari, ignorant encore que celui-ci en fût réduit à emprunter vingt sous à ses anciens amis.

Maintenant, Frédéric promenait son regard sur un énorme bouquet de roses et de camélias blancs qu'il avait placé lui-même dans l'un des vases de la cheminée.

Comme la duchesse se débarrassait de son cha-

peau et de son manteau noir, elle aperçut le
bouquet.

— Oh! Frédéric... Encore des folies.

— Je voulais te faire une petite surprise. Je
suis gentil, n'est-ce pas? C'est un vieux débiteur
qui m'a remboursé...

— Tu ne me trompes pas?

— Je ne mens jamais... jamais.

Avec un triste sourire, elle prit le bouquet
entre ses mains et elle respira longtemps l'odeur
des roses.

Frédéric était grave.

— Marcelle, tu es la bonté même; je t'aime
tant que je ne demande au ciel que de t'avoir
toujours comme un rayon d'en haut pour consoler mes jours attristés... Viens là, plus près de
moi... Encore...

La jeune femme appuya sa tête sur l'épaule
de son mari.

— Chère femme, tu vas me voir changer de
conduite; cela me fait mal de penser que tu travailles et que je te suis à charge...

— Qui dit cela?

— Oh! oui, c'est humiliant, à la fin... Il y a des gens qui me regardent drôlement...

— Que t'importe?...

— J'aurais dû faire comme le comte de Lernouze, qui s'est ruiné au krach. Le voilà maintenant au Cap, en train de reconstituer sa fortune.

— Il faut se connaître au commerce des diamants...

— A son départ de Paris, Lernouze ne savait pas distinguer un solitaire d'un bouchon de carafe... Il a travaillé. Il n'est pas à la charge de sa femme, lui... Et moi, moi, je ne vaux pas mieux que les rôdeurs de nuit du boulevard Rochechouart et des Batignolles... Je suis un joli merle... un joli merle...

— Tais-toi, dit-elle vivement, tu me fais mal.

Marcelle était habituée à ce caractère d'homme essentiellement versatile.

— Est-ce que je t'ai reproché quelque chose, Frédéric?

— Non... Mais...

5.

— Est-ce que tu n'es pas ma vie? Je t'ai tant aimé, je t'aime tant, que pour toi, il n'est pas de sacrifice que je ne me sente capable d'accomplir... Toi et notre enfant...

— Chère femme...

— Va, prends courage : les mauvais jours passeront. J'ai confiance en Dieu. Mais vois-tu, mon Frédéric, ton devoir et le mien, c'est d'essayer de nous libérer le plus tôt possible... Il le faut... Il le faut...

— Bah! Samuel s'inquiète bien de ce que nous pouvons lui devoir... Il est si riche... La preuve?... Tiens, je n'ai pas de secret pour toi; promets-moi de ne pas te fâcher...

— Qu'y a-t-il encore?

— Écoute : pour ta fête, j'ai voulu t'offrir un joli coffret; je n'avais pas d'argent; cet excellent Samuel, que je suis allé trouver dans la soirée d'hier, et qui m'a beaucoup demandé de tes nouvelles, m'a avancé vingt-cinq louis... C'est gentil, hein?

La duchesse lui saisit vivement le bras.

— Vous avez fait cela, Frédéric?

— Où est le mal? Samuel n'est pas un ami
pour moi, c'est un frère. Remarque donc, je
t'en prie, toute sa délicatesse... Il n'ose venir ici,
parce qu'il a horreur des remerciements... Ce
juif, en vérité, est le meilleur des hommes; il a
des paroles qui vont au cœur, comme celle-ci,
par exemple : Le service est pour celui qui le
rend... N'est-ce pas, que cela est beau?... C'est
banal, mais c'est beau tout de même...

Le duc parlait toujours :

— C'est joliment rare, par le temps qui court,
de trouver à Paris un monsieur de vos amis qui
vous prête une centaine de mille francs pour
payer vos dettes... Et puis, vois-tu, Marcelle, ce
qui me touche encore plus que l'acte lui-même,
c'est la délicatesse charmante du bienfaiteur...
Tiens, hier, par exemple, j'étais sur la place du
*Palais-Royal*, quand j'ai aperçu Heymann qui
causait avec Planchas, un de nos amis communs.
J'ai couru vers Samuel; j'ai pris ses mains dans
les miennes; mon effusion a paru le gêner, à

tel point que, le voyant tout rouge et tout honteux, j'en étais à me demander si ce n'était pas
lui qui était mon obligé...

— Papa, fit vivement Antoine qui entrait au
salon, où est le grand cheval que tu m'as promis?

— Demain, mon Antoine, demain...

— Oh! petit père, tu vas me tromper encore,
tout comme tonton Heymann, qui m'avait dit
« demain » pour la voiture bleue, demain...
toujours demain... je n'aime pas demain, moi...

Frédéric tenait l'enfant sur ses genoux, pendant que la mère rangeait des fleurs sur une
table de marbre.

— Antoine, tu serais bien content de le revoir le tonton Heymann?

— Oh! oui... Il est si bon, si joli... On dirait
le bon Dieu avec sa barbe toute frisée... Et puis,
il me donnait toujours des bonbons... Tu te souviens, maman?

— Marcelle?

— Mon ami?

— Si nous invitions Samuel à dîner dimanche soir?

— Y songes-tu? dit la jeune femme en se retournant brusquement.

Plus doucement, elle ajouta :

— C'est là une idée folle... M. Samuel est notre créancier : il serait gêné avec nous...

— Lui, allons donc... Il viendra là, sans cérémonie, en redingote, en simple redingote...

— C'est moi alors qui serais gênée par sa présence, Frédéric.

— Toi?... Et pourquoi donc? Nous aurons M. Parcellier et Jeannine... un petit repas d'amis... Ma mère sera contente de revoir M. Heymann... Le millionnaire a été reçu à l'hôtel de Varennes, il n'établira aucune comparaison avec l'appartement de la rue Rochechouart... Marcelle, tu me ferais de la peine, beaucoup de peine, en me refusant le plaisir de recevoir un ami... Je puis dire : un frère...

Le petit Antoine frappait dans ses mains :

— Tonton Heyman va revenir... Tonton Hey-

mann va revenir : quel bonheur!... Il me donnera la voiture bleue... la jolie voiture...

La mère eut un étrange sourire.

— Marcelle, que décidons-nous?

— Tu es le maître, mon ami.

— Alors, tu m'autorises à lui écrire un mot?

Le duc s'était levé.

— Réflexion faite, écris toi-même. Il refuserait peut-être mon invitation... L'écriture d'une
grande dame frappe toujours un homme.

— Il vaudrait mieux peut-être...

— Je t'en prie... Tu me feras plaisir... un au-
tographe de duchesse... Heymann sera fier comme
Artaban...

Sous la dictée de son mari, la duchesse écri-
vit une lettre d'invitation à M. Samuel Heymann,
une lettre spirituelle.

Vers huit heures, Frédéric se disposa à sortir.

La douairière, assise devant le foyer, lisait un
livre d'heures.

— Ne sortez pas, Frédéric. Passez au moins
une soirée en famille...

— Vous m'excuserez, ma mère; j'ai un rendez-vous d'affaires absolument urgent.

— Des rendez-vous d'affaires qui vous retiennent jusqu'à cinq heures du matin. Vous devriez rougir, monsieur...

Le duc se pencha à l'oreille de sa femme.

— Cent cinquante francs? mais, je n'ai pas la somme, dit Marcelle.

— Marcelle, il me faut cette somme...

— Comme tu me regardes?

— Pardon... Pardon... J'ai honte d'avoir parlé ainsi... Je deviens boulevard extérieur en diable... Je dois pourtant... Que reste-t-il dans la maison?

— A peine cent francs...

— Donne m'en cinquante... cinquante, seulement...

— Je gardais cette somme en cas de besoin... On a toujours besoin dans une maison... Enfin, je prierai des amies de m'avancer un peu d'argent...

— Tiens, la maman qui dort...

Ils se levèrent tous deux et passèrent dans leur chambre à coucher.

Frédéric mettait son habit et sa cravate blanche, et il se mirait dans l'armoire à glace.

— On a encore l'air d'un seigneur, morbleu ! Qu'en dis-tu, ma femme ? Mais, regarde-moi donc...

Il se campa fièrement, le poing sur la hanche.

— Et d'un amoureux, fit-il, avec une voix caressante, en donnant un long baiser d'amour à Marcelle.

— Tu es beau, mon seigneur ; embrasse-moi encore...

Le duc enlaça la jeune femme, et Marcelle, toute frémissante, resta longtemps entre les bras de son mari.

Les mêmes scènes d'amour se renouvelaient souvent ; jamais homme ne fut adoré par une femme comme Frédéric fut adoré par Marcelle.

Le dernier billet de banque de cinquante francs qu'elle avait gagné par son travail, elle le lui donna.

Et pendant que Frédéric, en compagnie de quelques amis, fumait d'excellents cigares sur le boulevard des Capucines, la jeune femme, ayant couché son enfant, terminait un travail de broderie.

— Eh! mon cher duc, en taillez-vous une petite? venait de demander à Lormont un grand jeune homme à visage exsangue, à voix râlante, dont le costume étriqué résumait le type accompli du boudiné contemporain.

— Non, plus maintenant; vous m'avez rincé à un point...

— Bah! on se fait et on se refait.

— Je n'ai que deux ou trois louis en poche.

— Et la caisse? La caisse n'est pas faite pour des prunes, petit duc.

— Rasé à la caisse, mon cher... Des croupiers et des caissiers idiots... Pas moyen d'avoir un centime...

— Allons, allons, venez. Vous serez dans les petits pontes... Ça vous rajeunira...

— J'ai une déveine... Enfin...

Ces messieurs entrèrent au cercle des *Artistes-Réunis*.

La partie était à peine commencée.

— Un louis tombe, fit le duc de Lormont.

La voix était connue; les têtes se retournèrent.

Le caissier du cercle vint au devant de Frédéric, saluant bien bas M. le duc, mais refusant très énergiquement de consentir le prêt de dix louis que celui-ci réclamait avec un nonchaloir charmant.

En moins de dix minutes, Frédéric, décavé, errait comme une âme en peine dans les salons de l'établissement. Il resta dans la salle de jeu, sans jouer, s'intéressant à la fortune des autres, jusqu'à trois heures du matin. On le voyait les lèvres tendues, aussi attentif au jeu que s'il eût risqué, lui-même des sommes importantes... Le banquier — un homme maigre et chauve — l'interpella ainsi :

— Hé ! mon petit Frédéric... Comme va ?

Frédéric n'hésita pas à serrer la main du banquier, un boock-maker, qui le tutoyait et lui disait parfois des choses graveleuses qui faisaient rire les pontes. Le duc supportait les grosses plaisanteries de l'homme, parce que celui-ci se laissait facilement « tomber » de quelques louis, quand il était en veine.

— Bonsoir, mon cher Frédéric... mon petit duc...

La voix continuait — Neuf!...

Quand le duc rentra dans sa chambre, la lampe n'était pas encore éteinte, la brodeuse n'ayant pas tout à fait terminé son travail.

# VI

L'oncle Louis avait si souvent « chanté » qu'il
était presque excusable de ne plus vouloir « chan-
ter ». Mieux que personne, il connaissait les folies
de M. de Lormont.

Dans les premiers temps, lorsque « les seigneurs » — ainsi qu'il les nommait avec un ac-
cent presque féroce — venaient en villégiature
au château de Lormont, il s'était laissé attendrir
par le gentilhomme spirituel et bon enfant. Lui,
l'homme du Nord, si froid et si défiant, il avait
accepté toutes les histoires contées par le mari
de Marcelle. Un jour, le duc avait oublié son
portefeuille ; une autre fois, le temps manquait

pour négocier des valeurs ; ce n'était jamais que pour une quinzaine de jours : les billets de mille du bourgeois s'en allaient dans le gouffre ouvert par le gentilhomme, un gouffre terrible.

— Ce duc, faisait le bonhomme, il dévorera tout... C'est le tourbillon du Niagara d'où rien ne surnage...

Louis Le Vasseur ne voulait pas se ruiner; il y mit ordre : ce qui ne l'empêcha nullement — on le sait — de payer les effets de dix mille francs escomptés par son neveu devenu faussaire.

Le maire de Bareuil avait connu le général de Lormont et il savait que Frédéric, son fils, qui n'avait pu être admis à l'école de Saint-Cyr, était victime d'un tempérament désordonné. Il s'était opposé au mariage de Marcelle, parce qu'il avait appris que le duc avait besoin de refaire sa fortune. Mademoiselle Parcellier avait cinq cent mille francs de dot et presque autant d'espérances.

Chaque fois que M. Louis se promenait sur la route des Ombraies et qu'il portait son regard sur les étrangers devenus les maîtres de la propriété de son frère, il sentait son cœur se serrer et sa haine grandir contre le dévastateur de la famille. Il aurait voulu voir en cendres ce château des Lormont — une fabrique maintenant — dont les sous-sols grondaient sous le bruit des machines à vapeur et dont les hautes tourelles toutes dentelées, défiant la fumée des fourneaux, gardaient encore leurs airs de princesses hautaines et insolentes devant le travail.

Les nouvelles infamies du duc Frédéric de Lormont avaient presque été accueillies par M. Le Vasseur avec plaisir, car il pensait bien que Marcelle, soucieuse de l'avenir de son enfant, consentirait enfin à accepter l'hospitalité à la ferme de Bareuil.

Le bourgeois se trompait.

Il est certaines natures si extraordinairement douées, que les deuils et les malheurs les attachent plus encore qu'une vie heureuse, exempte des tristesses et des devoirs. Il est des femmes à l'esprit faible qui subissent le despote à casquette de soie qui les considère comme des machines à plaisir et comme des fermes productives; il en est d'autres qui ont un amour si profond, si vivace et si fidèle pour l'époux qu'elles ont choisi, que par elles cet époux est investi de toutes les qualités et que, quoi qu'il advienne, elles ne sont jamais désabusées : Marcelle était de celles-ci.

Quand la jeune duchesse eut commencé à lire dans la vie de Frédéric, elle eut des nausées; mais elle ferma le livre et ce furent les visions d'antan qui la charmèrent encore :

— Frédéric était un grand enfant...

Et l'épouse ne trouvait pas d'autre mot pour qualifier la conduite de son mari.


M. Le Vasseur revenait de la chasse et il remettait son fusil à son domestique, quand il aperçut M. Parcellier debout devant la cheminée de la cuisine.

— Quoi de neuf, mon vieil ami?

M. Parcellier hésitait à parler.

Alors, ils passèrent tous deux dans le salon qui précédait le jardin de la ferme — le petit salon où Marcelle était venue, il y avait quelques mois, solliciter l'intervention de son parent.

— Dis vite ?... qu'y a-t-il ? parle...

— C'est que...

— Allons...

— Voilà... Ne te fâche pas, Louis, j'ai voulu faire la commission moi-même... Le greffier de la justice de paix a reçu de Paris une demande de renseignement très bizarre : Il s'agit de savoir si tu es mort...

— Encore une canaillerie de monsieur le duc?

— Oui... Tiens, lis toi-même... C'est d'un bête... d'un bête...

Le maire de Bareuil prit la lettre que lui tendait M. Parcellier. Il lut, et un cri rauque sortit de sa gorge :

— Oh! le misérable !...

Un agent d'affaires de la rue Montmartre écrivait au greffier de la justice de paix, lui disant que le duc de Lormont demandait à contracter un emprunt de vingt mille francs sur les immeubles à lui laissés par un oncle du nom de

Le Vasseur. L'emprunteur avait espéré créer une confusion entre le nom de *Le Vasseur* et faire croire que l'oncle Louis était mort, au lieu et place du père de Marcelle. La lettre, mal rédigée, parlait du décès du maire de Bareuil. L'erreur était donc impossible, le frère Julien n'ayant jamais été maire.

— Drôle... Drôle... murmurait M. Le Vasseur... Ah! il veut escompter d'avance la succession de l'oncle et l'enterrer vivant... nom de nom, j'épouserai plutôt quelque drôlesse...

Le père de Jeannine essayait en vain de calmer la colère de son ami :

— Le tour est tellement grossier...

— M. Le Vasseur voyait trouble : il marchait, ses larges mains tendues en avant, comme s'il eût voulu broyer au passage quelque objet invisible :

— Marcelle ne vaut pas mieux que lui; c'est une mauvaise mère : je lui ai offert l'hospitalité pour elle et son enfant; elle m'a ri au nez... Vois-tu, Parcellier, les duchesses sont comme

6

les filles des trottoirs de Paris : elles aiment les drôles et les voleurs...

— Louis?... Oh! Louis?...

— Eh! je sais ce que je dis... Quand cette folle est venue là, tout éplorée, me demander du pain, je lui ai prouvé clair comme le jour que son Frédéric était un bandit... Elle m'aurait sauté au visage... Ah! madame la duchesse veut faire sa mijaurée?... Entendu!... Qu'elle continue sa vie de galérienne!... Quant à moi, mon parti est pris; je n'ai rien de commun avec les malhonnêtes gens...

On frappait à la porte. Mademoiselle Jeannine venait d'entrer.

— Bonsoir, monsieur Le Vasseur.

— Bonsoir, mademoiselle Jeannine.

La réponse avait été faite d'un ton brusque; la jeune fille se pinça les lèvres.

— Pardon, mademoiselle, de vous avoir répondu si brutalement... On m'en fait tant voir et de tant de couleurs, que j'ai joliment de mérite à ne pas perdre la boule...

— Marcelle est si bonne...

— Elle est bonne ?... Voilà comme vous êtes tous ; et moi je suis méchant, n'est-ce pas ? Je suis un monstre de ne pas me laisser dépouiller par son voleur de mari et de conserver quelque chose au malheureux enfant de ma nièce ?... C'est bien cela... L'oncle Louis est un grigou, un sans cœur, et on est las de le voir vivre... Toute une existence de travail et d'honneur, ce n'est rien cela ; pour être considéré comme un brave homme, il faut jeter l'argent par les fenêtres et ruiner les autres après qu'on s'est ruiné soi-même... Le monde est ainsi fait et c'est un monde propre, je vous l'affirme...

— Monsieur Le Vasseur, reprit la jeune fille, Marcelle a droit à votre respect et à votre affection ; elle travaille comme une servante... Oh ! si vous l'aviez vue, l'autre soir, courbée sur sa broderie, les yeux brûlés au feu de la lampe, tout méchant que vous désiriez pa-raître...

— Méchant ? Je ne suis point méchant, Jean-

nine... Demandez à votre père qui me connaît
depuis l'enfance...

— Tu es vif, trop vif...

M. Le Vasseur était plus calme.

— Jeannine... Marcelle vous aime comme sa
propre sœur... Vous devriez lui faire comprendre
qu'elle a tort d'agir ainsi avec moi; vous devriez
lui conseiller de venir à Bareuil...

— Elle ne peut abandonner son mari.

— Son mari?... Mais enfin, si cet homme allait au bagne, devrait-elle l'y suivre, mademoiselle?

Il y eut un silence.

M. Le Vasseur reprenait sa marche agitée, les
pouces retournés dans les emmanchures de son
gilet de velours à ramage.

— Quand un homme déjà vieux voit s'en aller
toute sa famille, il doit appeler la mort... La
vie n'est plus rien pour moi désormais; les vieil-
lards ont tort d'être tardifs...

— Ne parle pas ainsi...

— Mais on ne dépouillera que le cadavre;

vivant, je saurai me défendre; car enfin, avec un Lormont, on n'est pas sûr de mourir tranquille dans son lit... Le faussaire peut devenir assassin...

— C'est mal ce que vous dites-là, monsieur Le Vasseur, fit la demoiselle.

— Attendons la fin du drame... Et le prêteur généreux, le connais-tu, Parcellier, le monsieur qui flanque par les fenêtres des centaines de mille francs pour obliger un ami ?

— Je le connais... je dois taire son nom...

— Un secret de famille?

— Un secret d'ami.

— Très bien.

— Celui qui a obligé ta nièce est un galant homme.

— Un galant homme ?... Tu crois cela, toi. Tiens je parierais mon cou à couper que Marcelle s'est engagée pour le double de la somme... Allons, allons, il y a quelque histoire là-dessous... Après tout, je suis bien bon de m'en inquiéter; les faits et gestes de ces gens-là ne me

6.

regardent plus. Parlons d'autre chose... Ces gens-là sont morts pour moi...

— Oh ! vous êtes cruel, monsieur Louis, soupira Jeannine.

Et pendant que M. Parcellier et sa fille s'en allaient tout émus, M. Le Vasseur gesticulait encore, et les poings fermés, il disait :

— Oui, frère Julien, tu as bien fait de mourir... tu as bien fait de mourir...

## VII

Ce dimanche-là, madame de Lormont le passa en prières à la Madeleine. Elle avait choisi cette église de préférence à une autre, parce qu'il lui semblait que la grande Pécheresse aurait pitié de ses angoisses. Dans son âme de croyante, elle se disait que ceux qui ont souffert et qui ont pleuré savent mieux que les autres consoler les cœurs ulcérés.

L'office des vêpres allait commencer.

Agenouillée sur une chaise basse, tout près des bénitiers de marbre — la jeune femme aux vêtements sombres, portant à ses mains fluettes des gants noirs un peu fanés, priait. Elle s'était

placée à l'entrée même du temple, comme si
quelque crainte secrète l'eût empêchée d'avancer du côté du grand autel, que les sacristains
paraient pour la cérémonie. Çà et là, devant les
autels fleuris, des femmes dévotieuses, les unes
armées de longs chapelets et murmurant des
prières; d'autres, abîmées dans les lectures reli-
gieuses; d'autres, enfin, groupées devant une cha-
pelle ardente, dont les images tremblaient sous le
grésillement des cierges, évoquaient les morts.

La Madeleine avec ses ors et ses marbres et son
peuple spécial de fidèles donne — dit-on — plutôt
l'idée d'un édifice profane que d'un monument
religieux; mais non pas quand l'église est presque déserte et que le silence est seulement troublé par les pas de quelque bedeau de service.
Alors, une grandeur désolée pèse sur ces autels
nus et sur ces chaises vides : tout l'aspect théâ-
tral s'en va avec les lumières et la foule ; le re-
cueillement qui succède aux mille bruits n'en a
que plus de majesté souveraine.

Les toilettes aux couleurs chatoyantes ont disparu ; les lustres de cristal ne brillent plus ; les orgues se taisent : on dirait une salle de bal, après le départ de l'orchestre et des danseurs.

Les émanations de l'encens qui flottent dans l'air sont plus troublantes encore que les verveines et les roses que les valseuses portent dans leurs cheveux et à leur ceinture... Ces prières que les jeunes femmes murmurent, les lèvres brûlantes, on dirait des chuchotements, des bruits de baisers dans une immense alcôve.

La Madeleine a deux faces, comme le temple de Janus, deux visages qui se modifient et se transforment, selon les cérémonies.

Le groupe du maître-autel de Marochetti : *La Madeleine sanctifiée*, n'a pas le même aspect à toutes les heures du jour. Si — pendant la célébration d'un mariage — le soleil flamboie par les vitraux et inonde de ses clartés le velours cerise des draperies et la blancheur des nappes ouvragées, c'est l'apothéose féerique d'une fin de drame ; si, au contraire — comme en ce dimanche — le ciel est gris et l'église sombre, c'est bien la sanctification de la Pécheresse, telle que l'a rêvée l'artiste et que l'implorent les croyants.

La Madeleine, parée comme une cocotte de Jean Béraud, est admirable d'élégance ; la Madeleine, un peu assombrie, est plus religieuse, moins parisienne, moins mondaine, moins sémillante et plus sainte. Ainsi, une grande dame qui est maman aussi, est bien plus mère dans un costume sévère que sous les falbalas, les diamants et les dentelles.

De temps à autre, la grille d'un confessionnal se refermait ; et à la pénitente succédait une autre pénitente.

On se préparait aux communions de Noël.

Les prêtres revêtus de leurs surplis blancs, les enfants de chœur aux robes toutes rouges, allaient du maître-autel à la sacristie.

La foule entrait peu à peu. Les grandes orgues

préludaient. Des vitraux descendaient des traî-
nées de soleil — d'un soleil d'hiver un peu pâle
— qui mettaient de la lumière autour des visages
des femmes. Des rayons violacés coupaient çà et
là les profondeurs de la nef. Le maître-autel,
éclairé par mille bougies, projetait des lueurs
d'incendie au milieu de la fumée toute blanche
des encensoirs.

A ce moment, Marcelle leva les yeux. Elle
était belle dans cette attitude de la femme qui
prie. Ses cheveux d'or tressés en nattes, retenus
sous son chapeau noir — un pauvre chapeau
de bourgeoise — sa collerette blanche et unie,
toute sa mise bien simple contrastaient avec l'a-
gitation de son visage qui se crispait sous des
tremblements nerveux. Elle regarda du côté du
confessionnal : une dame, jolie et jeune comme
elle, en sortait, calme et reposée. La dame vint
s'asseoir sur une chaise voisine de celle de la
duchesse; et puis, ayant dit une prière pour ses
fautes déjà pardonnées, elle se retira en signant.

La duchesse était debout : elle fit un pas pour

prendre rang dans le cercle des pénitentes à venir.
Mais elle se sentit clouée sur la dalle, et un groupe
de demi-mondaines en toilette tapageuse devint
grave rien qu'en la regardant. Elle restait là, immobile, voulant à tout prix apaiser l'enfer qui
la torturait : au souvenir du pacte terrible, elle
se trouva sans force et sans courage. Le Dieu
de miséricorde ne pouvait pardonner à la femme
repentante aujourd'hui, et qui, demain, allait
redevenir infâme et souillée.

Seule de toutes les croyantes et de toutes les
infortunées, il lui fallait boire le calice jusqu'à
la lie. Toutes ces saintes images, depuis les belles
sculptures du fronton représentant Jésus-Christ
séparant les bons des méchants, à l'heure du Ju-
gement dernier, jusqu'à ce petit tableau des
mages adorant le nouveau-né, allaient disparaître. Non... non... il n'y avait plus d'espérance
pour elle...

Et pourtant les pénitentes venaient en masse.
On les voyait quittant les confessionnaux et s'en
allant purifiées. Femmes adultères et filles cou-

pables, parisiennes du grand monde, parisiennes du boulevard, elles étaient sauvées de la damnation éternelle : et elle, elle seule, elle ne pouvait franchir le seuil sacré. Le pardon s'étendait partout, généreux et divin. Il suffisait de dire sa faute ou son crime, péché véniel ou péché mortel ; et, de par Dieu, un homme avait mission d'absoudre.

*Que la paix soit avec vous !...* Cette parole avait sauvé des légions d'âmes condamnées. L'Église catholique, apostolique et romaine n'avait le droit que de maudire et de damner un seul homme : Judas Iscariote qui, après avoir vendu son maître, s'était pendu... Le sang du Christ rédempteur enlevait toutes les souillures ; la Madeleine, dont cette église portait le nom comme un fanion triomphant, était une sainte que l'on pouvait prier. Pécheresse elle-même, elle était indulgente pour les péchés des autres.

— Donc, se disait la duchesse, Judas et moi sommes les seuls réprouvés... Judas j'ai été en vendant mon corps pour les trente deniers..,

Ah! je suis maudite!... je suis la femme de Judas!...

Les cloches sonnaient à toutes volées. Les fidèles encombraient l'église. Après les premiers chants, un prédicateur monta en chaire. C'était un dominicain au visage austère, à la voix grave. Il parla de la générosité du divin maître; il dit que nul en ce monde n'avait le droit de désespérer et que l'Église était une bonne mère compatissante aux faiblesses humaines. Il continua ainsi :

« Oui, mes chères sœurs, la femme du bourg de Magdala — la matrone vénérée de cette église, — vous dit à toutes : « J'ai souffert et j'ai pleuré parce que j'avais péché, mais Jésus est venu et il m'a guérie. Vous êtes femmes, vous êtes faibles; vous avez souffert : Jésus va venir qui va vous consoler. »

La voix s'étendait ample, sonore, majestueuse; et puis elle revenait menaçante, aigüe, irritée :

« Qu'elle s'en aille au loin l'infortunée qui garde les souillures de son âme. Marie-Made-

leine l'invite à recevoir le pardon ; elle le refuse... Ah ! qu'elle soit éternellement damnée
celle qui rougit de confesser son crime avec l'espoir d'être criminelle encore !... »

Marcelle écoutait cette voix.

Ses veines se gonflaient ; son visage s'empour-
prait : c'était comme un masque rougeâtre —
fait de ses hontes, de son sang et de ses douleurs — qui flamboyait sur sa face ; ses artères
sifflaient dans ses tempes.

Sa main mourante laissa échapper le livre
d'heures que jusqu'ici elle avait tenu serré avec
une étreinte presque convulsive.

Et la voix de celui qui parlait au nom de Dieu
jetait maintenant l'anathème :

— « Qu'elles soient livrées aux flammes éter-
nelles, celles qui pouvant être sauvées conti-
nuent à vivre dans le péché ! »

A la fin du prône, la duchesse tremblait si
fort, qu'une dame lui dit :

— Vous êtes souffrante, madame ?

Elle n'eut pas la force de répondre.

Le prêtre, revêtu de la chasuble d'or, élevait
le Saint-Sacrement. Les femmes s'inclinaient.
Marcelle regarda fixement la petite pièce d'orfè-
vrerie qui — pareille à un soleil — faisait de la
lumière avec ses rayons. La femme adultère —
l'épouse catholique ne fut nullement éblouie par
cette étoile bleu et or qui scintillait devant le
tabernacle. Pour la première fois, elle regardait
Dieu face à face ; et, comme Dieu restait impassible en la voyant mourir, Dieu lui parut petit...
Debout sur le seuil de l'église, elle promena un
regard amer sur les assistants et il lui sembla —
ayant du fiel aux lèvres — que tout mentait dans
ce temple, les femmes, les prêtres, Dieu lui-même.

Mais elle conjura son épouvante ; ses traits
se détendirent sous la puissance de sa volonté
surhumaine ; et, ayant vaincu la douleur, elle
revint à la maison.

Samuel Heymann dînait chez les Lormont.

La duchesse donna rapidement ses ordres
pour le repas, voulant que tout fût très simple
et n'osant elle-même apporter à la table où l'on

dressait le couvert cette coquetterie de femme
dont elle savait les mille secrets. C'était son
amant qui allait venir ; et elle aurait voulu rester
étrangère à toutes choses. Jusqu'au dernier moment, elle espéra que M. Heymann refuserait
l'invitation. Certes, elle n'avait pas osé lui faire
elle-même cette prière ; mais elle pensait que
son bourreau aurait quelque pudeur et qu'il lui
épargnerait de rougir devant son enfant.

Il n'en fut rien.

Déjà M. Parcellier et sa fille étaient au salon
avec la douairière et Marcelle, quand Frédéric
et Samuel firent leur entrée.

Le duc se chargea des présentations et Heymann, l'air enjoué, offrit le bras à la vieille dame
de Lormont. Sur la demande expresse de son
ami, Samuel était venu en simple redingote
pour ce dîner de famille.

La douairière ayant en face d'elle Frédéric,
fit asseoir à sa droite M. Parcellier et à sa gauche
Samuel Heymann; le duc eut à ses côtés sa
femme et mademoiselle Jeannine; Samuel se

trouva ainsi placé entre madame de Lormont mère et la fille de M. Parcellier. Le petit Antoine levait sur Samuel ses grands yeux d'enfant chercheur et soumis.

— En vrais bourgeois, dit Frédéric, pendant que Gabrielle, constamment aidée dans le service par sa maîtresse, distribuait les assiettes de potage.

Samuel regardait en souriant le fils de Marcelle et celui-ci lui envoyait des baisers; de temps à autre ses petits doigts dessinaient dans l'air la forme de la jolie voiture si impatiemment attendue.

Le duc trouvait la chose exquise; il disait à Heymann :

— Tu t'en serais vite fait un ami... n'est-ce pas, Antoine, que tu aimes bien tonton « Muel » ?

— Oh ! oui, bien, bien, bien, mille fois bien...

On sourit.

Tout dans cette maison paraissait bénir le nom d'Heymann.

M. Parcellier, qui portait encore les longues

cravates de soie noire du vieux temps et laissait
pendre à son gousset d'affreuses breloques,
ne taisait pas son admiration pour ce jeune
homme qui avait donné une preuve si grande de
son désintéressement. Mademoiselle Jeannine,
blanche et droite dans sa fraise de dentelle,
ainsi qu'une princesse de la Ligue — elle
allait souvent à Dieppe et copiait les modes
anglaises, — partageait l'enthousiasme de son
père.

Du reste, le nom des Heymann était connu de
toute la terre ; rien d'étonnant à ce que deux
bourgeois fussent enorgueillis d'entrer en rela-
tion avec l'un des princes de la finance.

— Ah ! oui, faisait M. Parcellier, c'est beau
la fortune... Si les Heymann voulaient, ils bou-
leverseraient le monde... Est-il vrai, monsieur
Heymann, que Napoléon III devait des millions
à monsieur votre oncle ?...

Les dames s'étant retirées dans le salon, ces
messieurs allumèrent leurs cigares ; et, en bon

père de famille, M. Parcellier exhiba sa vieille pipe de bruyère.

La conversation roula sur les Juifs, au point de vue du mariage.

— Moi, disait Heymann, j'ai rompu avec la tradition; et si je me marie un jour, ce ne sera probablement pas avec une israélite...

Frédéric toucha du coude M. Parcellier et sa physionomie eut l'air de suivre une conversation précédente, comme s'il eût dit : *Vous voyez?*

Ils se levèrent de table.

Sur la prière de son mari, la duchesse s'était mise au piano; elle jouait avec mademoiselle Jeannine un morceau à quatre mains.

Assis tous les deux sur le canapé, pendant que M. Parcellier causait avec la douairière, Frédéric interpellait doucement Samuel, en désignant Jeannine :

— Tu vois, je ne t'avais pas trompé... Regarde-la... charmante... ravissante... un bébé à croquer...

Et comme le jeune étranger très absorbé ne répondait pas, le duc continuait :

— Un caractère d'ange... type anglais... ne sentant en rien la bourgeoise, ni la parvenue...

Samuel, plein de flegme, inclinait la tête :

— Hein ? ça te gagne, mon vieux ? « Le coup de foudre », parbleu !... je m'en doutais... Ne t'inquiète pas... nous arrangerons la chose avec la duchesse...

Le morceau était fini. Ces messieurs battirent légèrement des mains et Samuel, qui s'était levé, se confondit en compliments.

Frédéric s'était rapproché de M. Parcellier.

— Comment le trouvez-vous ?

— Qui ?

— Samuel Heymann.

— Il est très gentil...

— Quel gendre, hein ?

Le père de Jeannine ne comprit pas ; le duc fut plus clair.

— Je crois, fit-il, avec un fin sourire, que

7.

mon camarade Heymann est fou de votre fille...
fou... archi-fou ..

— Vous croyez? demanda l'homme un peu
bouleversé.

— J'en suis certain, absolument certain,
mon brave Parcellier.

Et continuant son rôle jusqu'au bout, Frédéric prit familièrement Heymann sous le bras et
l'entraîna hors du salon.

— J'ai à te parler, Samuel.

— Parle...

— Pas ici... suis-moi...

Les deux amis traversèrent la salle à manger.
Le feu était éteint.

— Entrons dans la chambre de ma femme, dit
le duc, en ouvrant la porte.... Il y a du feu...
Nous serons mieux pour causer....

Samuel hésitait.

— Allons!... Viens....

C'était la chambre des époux. Frédéric n'a-
vait pas réfléchi un instant à l'inconvenance qu'il
commettait en y introduisant un étranger.

— Un autre que toi, affirma M. de Lormont,
je ne le voudrais pas ici... Mais toi, n'es-tu pas
mon frère ?...

— Oui... ton frère.

— Tu vois, mon bon Samuel... Pas de luxe...
pas de *flaflas*... une simple chambre de bourgeois avec des lits d'acajou... Nos ancêtres
avaient des gardes pour les veiller ; on dort
mieux sans gardes...

On voyait partout le travail de Marcelle, depuis
les rideaux des fenêtres jusqu'aux chaises ta-
pissées et à ce prie-Dieu de velours noir que la
jeune femme avait brodé de ses mains.

Samuel suivait le duc ; il se sentait envahi par
les souvenirs de la femme aimée. Il eût payé un
prix énorme le plaisir d'entrer dans cette chambre et voilà que le hasard l'avait servi à souhait.

C'était là où Marcelle s'asseyait, là où elle
priait, là où elle reposait, là où elle rêvait, là où
elle avait aimé un autre que lui.

A cette dernière pensée, Heymann eut un regard terrible.

— Que voulais-tu me dire? demanda-t-il avec un grand calme.

— Voici : J'ai remarqué la froideur de ma femme pour toi. . Toi-même, tu ne lui as pas adressé quatre paroles : on dirait vraiment que vous avez honte l'un de l'autre...

— Je t'assure, mon ami...

— Encore ta délicatesse... Je comprends bien... Tu voudrais qu'on oubliât tout... Oublier que tu es notre sauveur? jamais... Heymann, sans toi, le duc de Lormont serait à Nouméa... Tu avais en mains les preuves de mes crimes... de mes faux... Tu n'en as pas profité... merci... merci...

Il sanglotait en parlant.

— Frédéric, ne fais pas l'enfant... C'est idiot cela....

— Embrasse-moi...

Samuel Heymann sourit drôlement et embrassa le duc.

— Il faut donc te traiter comme un bébé...

— Je veux que tu viennes nous voir souvent, bien souvent...

— C'est entendu, mon ami.

— Et puis, je ne veux plus que ma femme ait l'air de te garder rancune du service que tu nous as rendu...

Heymann avait trouvé sa phrase :

— La duchesse est venue chez moi, j'aurais dû lui épargner cette visite ; il est toujours pénible pour une grande dame comme elle de faire une démarche pareille... Mais, ne lui reproche pas sa froideur. En me voyant bon et dévoué, elle me pardonnera.

— Te pardonner de nous avoir obligés... tu es admirable...

Ils sortaient de la chambre. Frédéric arrêta Samuel par le bras ; et lui montrant le grand Christ de bois :

— Tu vois ce Christ ?... c'est ton portrait que nous avons là... En priant l'un, nous pensons à l'autre...

Il y eut encore une station dans la salle à manger.

— Maintenant, une question, la dernière...
Que dis-tu de mademoiselle Parcellier?

— Tout le bien que tu voudras.

— Farceur... Songes-tu, oui ou non, à te marier?

— Oui et non.

— Ce n'est pas une réponse, Samuel...

— C'est une réponse pour les gens qui ne
sont pas pressés.

— Mademoiselle Jeannine est une jeune personne charmante... Samuel, je crois que tu prendrais là une femme qui te rendrait heureux.

— J'en suis convaincu, mon cher duc, absolument convaincu...

— Alors?...

— Donne-moi le temps de réfléchir.

— Ce n'est pas le « coup de foudre... »

— Je n'en suis qu'à l'éclair.

Ce même soir, le duc de Lormont disait à sa
femme :

— Ça marche... Avant deux mois, Jeannine
s'appellera madame Heymann.

# VIII

On était au mois de mai.

Madame de Lormont songeait avec effroi aux choses passées, pendant cet hiver qui lui avait semblé éternel. Plus que jamais, l'amant terrible la tenait sous sa main, et Samuel, affolé de jouissances, venait la troubler jusque dans le foyer domestique.

Oui, il venait là, non point pour jeter l'épouvante dans le cœur de celle qu'il aimait, mais parce qu'il n'était pas maître de ne pas y venir; parce que cette organisation d'homme fléchissait; parce que le cerveau et les sens n'ayant qu'un objectif — toujours le même — tendaient toujours vers le même but.

Il venait là pour observer Marcelle jusqué dans les détails de sa vie intime. Ne pouvant la garder longtemps chez lui, il tenait à entrer dans la vie de la duchesse, pour y surprendre la femme, pour jouir du spectacle de ces abandons mystérieux et charmants, de ces câlineries félines dont les épouses les plus chastes connaissent les doux secrets.

Le duc n'avait aucun soupçon : il ne pouvait en avoir. Samuel jouait son rôle à merveille et la douairière déclarait que le juif richissime était fou de Jeannine. C'était même un amusement pour la vieille dame, qui s'intéressait beaucoup à l'avenir des deux jeunes gens, de pénétrer l'idylle commencée.

Samuel aima Marcelle non point d'un amour d'amant jaloux, non point avec l'ardeur d'un poète, mais de tout l'amour avec ses visions flambantes et cruelles, avec ses délires épouvantables. Il ne vécut que pour elle, ne parla que d'elle, ne souffrit que pour elle. Fascination étrange... Le descendant des Heymann fut un possédé des sens. Souvent, chez lui, il s'enfermait de longues heures ; et là, au milieu de son luxe qu'il dédaignait, il s'enivrait de l'odeur de la femme ; ses lèvres devenaient sanglantes en baisant les tapis qu'elle avait foulés de ses pieds...

Jamais homme ne fut envahi et terrassé à ce point... On eût dit que l'esprit de Marcelle et son corps aussi, — car cet amour maladif ne pouvait pas ne pas être charnel, étant absolu, irrésistible, — on eût dit que l'esprit et le corps de la femme s'étaient incarnés en lui ; pour les en arracher, il lui aurait fallu prendre son propre cœur entre ses mains et le broyer.

Cependant Samuel Heymann essaya un jour de se vaincre lui-même.

Il voulut rendre la liberté à la duchesse ; il voulut se condamner à fuir pour toujours cette

femme; jurant qu'il était bien maître de lui et
qu'il n'avait pas dégénéré de sa race.

Donc, il se disposa à un voyage. Il partait
pour Londres. Il avait supplié Marcelle de se
rendre à l'hôtel de l'avenue de Villiers pour la
dernière fois,

La pauvre femme vint encore, le rouge au
front.

— Madame, dit Samuel, je vous fais mes
adieux : je quitte Paris; vous ne me reverrez
plus...

Marcelle, la tête baissée, restait devant lui.

— Emporterai-je au moins une parole de
pitié? Vous voyez bien que c'est un malade qui
vous a torturée ?...

— Je ne suis pas votre juge, monsieur.

— J'ai été cruel, n'est-ce pas ? Oh ! je me fais
horreur...

Et comme la duchesse gardait le silence,
Samuel laissa gravement tomber ces mots :

— Madame, Byron — un poète que j'aime —
a dit dans *Lara* que rien n'est aussi triste que

les serments d'adieu de deux amants qui se quittent... Byron s'est trompé... Il est une chose plus douloureuse encore, la vision incessante du crime que l'on a commis...

Marcelle allait se retirer.

— Madame, restez encore, je n'ai pas fini... Je veux que vous sachiez bien que si l'homme qui vous parle a mal agi, il n'a pas été le maître d'agir autrement... J'ai été le plus odieux des amis : le duc s'était confié à moi ; c'est moi qui ai ruiné le duc pour pouvoir le sauver et vous demander le prix de son rachat... Tout ceci est vrai... J'ai pris mon homme et je l'ai traîné dans la boue et dans l'orgie parisienne : il était immonde quand il en est sorti... Je me disais : elle le méprisera ; elle le haïra ; vous l'avez adoré... Que voulez-vous que je fasse ?...

L'exaltation de l'amant grandissait encore :

— Oh ! je vous ai bien aimée... J'ai été un fou d'avoir voulu vous salir... Il fallait vous garder comme une sainte image que l'on vénère

et qui, aux heures troublées, vous console... Loin
de cela, j'ai pensé avoir raison de la femme,
de son amour, de sa pudeur... Imbécile !...
Insensé !... Si vous saviez ce que j'ai souffert !...
Quand vous n'étiez pas là, je criais, je pleurais...
Ce n'est pas ma faute à moi, si vous avez pris
ma vie et si pour me défendre, j'ai brisé la
vôtre... Allez-vous en, allez-vous en, Madame...
Votre existence va redevenir calme ; vous allez
être la maman, vous savez bien, la maman du
petit Antoine... Adieu !... Adieu !...

Le lendemain de ce jour, Samuel Heymann se
rendait à Boulogne-sur-Mer et s'embarquait
pour Londres.

Frédéric et Marcelle causaient :

— Vois-tu, Marcelle, faisait le duc, je devine
tout... Heymann est amoureux de Jeannine et il
veut fuir son amour... Notre ami a peut-être reçu
une lettre de sa famille... Ces juifs ne se marient
entre étrangers que fort rarement... Les Heymann de Vienne et de Londres vont se joindre

aux Heymann de Paris pour empêcher le mariage...

— Frédéric, tu me disais ce matin que tu
avais recouvré une somme assez importante
sur le remboursement de laquelle tu ne comp-
tais pas... Il serait digne de payer les intérêts
de notre dette...

— Des intérêts à Heymann?... La bonne plaisanterie... Nous lui payerons le tout en même
temps, à la mort de cette canaille d'oncle Louis,
si la canaille ne nous déshérite pas... Samuel
est cinquante fois millionnaire...

— Ce n'est pas une raison, Frédéric.

— Enfin, tu n'admets pas que ce vieil ami
m'ait obligé pour me mettre sur la paille?...

Antoine accourait, traînant un magnifique
cheval de bois attelé à une petite voiture :

— Un cadeau de tonton Muel, faisait le petit
en battant des mains... Oh ! Ze l'aime, tonton
Muel... Ze l'aime trop...

— Chère Marcelle... tu vois... Je ne suis
pas seul de mon avis... Notre enfant lui-même

aime Samuel comme si Samuel était son propre
père... N'est-ce pas, Antoine?...

— Oh! oui, papa... Z'aime tonton Muel de
tout mon cœur...

La duchesse voulait empêcher l'enfant de
monter sur le cheval mécanique.

— Ce jouet est dangereux pour Antoine...
Quand il sera plus grand...

— Maman, je suis grand... grand...

Le petit allait pleurer : elle n'insista pas.

Du reste, Antoine se tenait très bien sur le
cheval et il admirait la jolie petite selle brodée
à ses armes : il roulait par la chambre, le père
tout heureux et la mère souriant, elle, d'un
sourire de folle.

Frédéric venait de sortir et Marcelle regardait
encore le cadeau d'Heymann : elle aurait voulu
briser ce jouet.

La jeune femme passa la soirée avec sa belle-
mère et il lui fallut encore subir des éloges interminables sur le compte de son amant.

Décidément, le jeune Autrichien avait des

manières de gentilhomme... Les Heymann étaient
bénis dans Paris; ce n'était que justice...

La douairière était de l'avis de son fils et elle
verrait avec plaisir Samuel épouser Jeannine...
Le devoir de la duchesse consistait à faciliter le
mariage...

La vieille dame conclut ainsi :

— Écoutez, Marcelle, que M. Heymann se
marie ou non, l'avenir de votre fils Antoine est
fait... M. Samuel adore le petit... Les Lormont
vont revivre... Vous devez être heureuse, ma
fille, d'avoir rencontré un pareil protecteur...

— M. Heymann est un étranger pour nous,
ma mère...

Le soir, en fouillant dans l'un des tiroirs de
son secrétaire pour y chercher la facture d'un
fournisseur, Marcelle, toute tremblante, recon-
nut sur une enveloppe l'écriture de Samuel Heymann. La lettre oubliée par Frédéric, contenait
ces mots :

« *25 avenue de Villiers.*

» *Mercredi.*

» Mon cher duc,

» Je me fais un véritable plaisir de mettre à
ta disposition les cinquante louis que tu veux
bien me demander. N'en parle pas à madame
la duchesse : elle est femme à ne pas te pardonner de m'importuner, même lorsque tu ne
m'importunes pas...

» A bientôt : je pars ce soir pour Londres.

» Tout à toi,

» SAMUEL HEYMANN. »

Marcelle dévora ses larmes, et lorsqu'elle revit le duc, elle se contenta de dire, avec un gros
sanglot, en lui montrant la lettre :

— Vous me tuez, monsieur...

Frédéric haussa les épaules :

— Cinquante louis, une bagatelle... Je vous répète que Samuel et moi sommes deux frères... Dans notre monde, on ne compte pas à deux sous près... Ma chère, vous êtes née bourgeoise, vous mourrez bourgeoise...

## IX


Toujours insouciant et hâbleur, le duc Frédéric continuait sa vie errante, méprisant les
emplois qu'on lui offrait, inventant des proposi-
tions improbables, courant le louis qu'il risquait
tous les soirs sur la table de baccara d'un tri-
pot. Il en vint à vendre sous le manteau des dé-
corations étrangères, à accepter à souper chez
des actrices à la mode, qui lui prêtaient quelque
argent de poche.

Ainsi s'en allait l'honneur d'un seigneur mal
venu dans un siècle où toute fortune qui ne re-
pose pas sur le travail, doit fatalement péricli-
ter. On le voyait, à l'heure de l'absinthe, attablé

dans une des salles du *Café de la Paix*, acceptant le payement de ses consommations par de
tous petits jeunes gens qui étaient heureux de
lancer dans le café la phrase sacramentelle : *Mon
cher duc*. Ces mêmes jeunes hommes l'emme-
naient avec eux au Bois, au Cirque, au Théâtre :
fils de bourgeois et de parvenus, ils prenaient
un peu de la noblesse de leur homme, à bon
marché, bien entendu.

Et ce n'étaient pas seulement les habitués des
grands boulevards qui disaient : *Mon cher duc*,
les déclassés de ce Paris qui vomit chaque année
ses victimes, dans les coins ignorés des boulevards extérieurs, avaient fait de Frédéric leur
camarade intime. Les mêmes scènes se renouvelaient, la nuit, dans les brasseries interlopes, et
ce diable de duc, qui portait de temps à autre
l'habit orné d'une rose ou d'un gardénia — se
retrouvait encore le chef de la bohème des Batignolles. La chose attristante, c'est qu'ici et là,
sa royauté ne lui coûtait rien.

M. de Lormont se laissait vivre ainsi, ne s'apercevant pas qu'il devenait la risée des gens qui lui payaient à boire; il acceptait les générosités des autres, ayant été bon et généreux lui-même, sans se préoccuper des sentiments que pouvaient faire naître chez ses amphitryons le spectacle d'un gentilhomme entretenu par des viveurs et par des ivrognes.

Au *Café de la Paix*, on murmurait :

—Voici notre duc...

Et tout aussitôt, Frédéric prenait place parmi les « boudinés ». Le fils d'un gros marchand de nouveautés lui disait :

— Très cher, j'adore une femme du faubourg Saint-Germain : ce serait gentil à vous qui connaissez le grand monde de me présenter...

Il riait bêtement; mais il ne se fâchait pas.

Dans les brasseries de la place Pigalle, les camarades l'interpellaient ainsi :

— C'est pour la blague qu'on t'appelle : duc? Tu es un ancien croupier décavé... Un croupier devenu joueur... Il ne faut pas nous en vendre... Tu te nommes Auguste ou François ou Nestor ;

mais, tu as pour nom un prénom, comme tous les croupiers, du reste...

Il riait toujours.

Le duc menait une vie double. Un jour, on le voyait sur le boulevard des Italiens, assez correctement vêtu, marchant vite, de crainte de rencontrer quelque créancier fâcheux ; ces jours-là, c'étaient ses mauvais jours. Mais, le plus souvent, le gentilhomme allait noyer ses chagrins dans les brasseries proches de sa maison. Ses nouveaux amis, des peintres, des musiciens, des hommes de lettres, tous des *ratés*, l'amusaient énormément avec leurs paradoxes sur les questions d'art et leur mépris des artistes en vue.

Ce petit monde de buveurs était étourdissant de verve et de gaieté et Frédéric lui pardonnait tout, en raison du sans-gêne qu'il lui offrait. C'était pour le duc, élevé dans un milieu si différent, une sorte de détente de tout son être. Il venait là en veston et en chapeau mou ; on faisait des manilles interminables. Le cynisme du maintien et du langage des habitués gagnait peu

8.

à peu le fashionnable d'antan; la fumée des pipes emportait les souvenirs d'un monde perdu.

Un seul sentiment faisait vibrer l'organisation désemparée de cet homme : son amour pour sa femme.

Au milieu de tant de hontes, le duc aimait Marcelle. Il l'aimait avec la même foi qu'aux premières années du mariage, lorsqu'ils habitaient l'hôtel de la rue de Varennes. Frédéric trouvait encore de douces paroles pour excuser auprès de sa femme ses nuits de débauche; et quand il la voyait pleurer, il se pendait à son cou, avec des soupirs d'enfant.

— Ce n'était pas sa faute, s'il faisait mal, disait-il, il avait besoin de s'étourdir...

La duchesse lui donnait toujours jusqu'à son dernier sou.

Un matin, Marcelle reçut une lettre de l'oncle Louis.

M. Le Vasseur était malade, et il priait sa nièce de se rendre auprès de lui et d'amener à Bareuil

le petit Antoine qu'il n'avait pas vu depuis longtemps.

M. Le Vasseur accueillit la duchesse avec
bonté; il couvrit de caresses son cher Antoine;
il s'inquiéta des nouvelles de la douairière; mais
il resta muet sur le compte de Frédéric.

La jeune femme passa une quinzaine de jours
à la ferme et il lui sembla que ce calme de la
campagne la reposait un peu de son martyre.

Jeannine vint la voir : elles parlèrent beaucoup du passé. Chose surprenante, dans toutes
les visites que reçut la duchesse, il ne fut jamais
question de son mari. Tous les voisins qui con-
naissaient les fredaines du duc, imitèrent la dis-
crétion de l'oncle : et il faut bien croire que
l'enfant lui-même comprit l'attitude générale,
puisque Antoine ne prononçait plus le nom de
son père.

Marcelle avait repris sa physionomie douce et
mélancolique, et nul au monde n'aurait pu pénétrer le secret de ses terreurs intimes.

Si, parfois, en revoyant une petite maison

bourgeoise à volets verts, elle songeait à ses joies de fillette ; si parfois, de la route ombreuse qui menait de Bareuil à Clermont, elle apercevait les tours crénelées du château, elle savait retenir ses larmes. Simplement vêtue d'une robe de cretonne à raies bleues, gracieuse et distinguée sous son large chapeau de paille, elle promenait son Antoine par les chemins de son pays natal, heureuse des mille merveilles que ce beau mois de juin révélait à l'enfant.

Les fermiers des domaines attenant au château la nommaient encore « Notre Dame » ; et la duchesse aimait à s'entendre nommer ainsi et elle prenait plaisir à distribuer des vêtements et des jouets aux petits des fermiers.

Le temps s'écoulait dans une douce quiétude. L'oncle Le Vasseur était presque rétabli.

Chaque matin, la duchesse recevait de Frédéric des lettres enthousiastes qu'elle gardait pour elle seule. Le duc lui contait qu'il allait être pourvu prochainement d'une position ex-

ceptionnelle... vingt-cinq mille francs d'appoin-
tements... Pas moins de vingt-cinq mille francs...

C'étaient toujours les mêmes mensonges.

— Frédéric vous a-t-il donné des nouvelles
de M. Heymann ? demanda un jour M. Parcellier
qui avait accompagné sa fille chez l'oncle Louis.

— Non... non... répondit la duchesse un peu
troublée.

— Quel cœur, hein ?... Voilà un homme, ce
monsieur Heymann... ma parole d'honneur, je
n'ai jamais rencontré un jeune homme aussi sé-
duisant... M. Samuel aurait le droit d'être fier...
Un Crésus... Eh !... là... pas fier pour un sou...
Il me plaît à moi, ce garçon...

M. Parcellier parla plus bas.

— Marcelle vous allez dire que je perds la
tête... Mais comme j'étouffe, il vaut mieux que
je parle...

Le bonhomme jeta un coup d'œil autour de
lui, comme s'il craignait des oreilles indiscrètes.
Ils étaient seuls dans le jardin aux allées toutes
droites bordées de buis.

Il continua :

— Je vais être très franc... Frédéric nous a fait entrevoir un mariage inespéré... Jeannine me paraît un peu troublée... Vous savez, les jeunes filles... une enfant... Enfin, pensez-vous que M. Samuel ait des intentions?...

— Je ne sais pas...

— Frédéric...

— Frédéric parle souvent à la légère...

— Si pourtant le mariage avait lieu?... Il n'y a rien d'impossible, après tout... Quelle situation pour Jeannine... Vous seriez bien contente, n'est-ce pas, Marcelle? D'un autre côté, vous ne voudriez pas que votre cousine... votre sœur, s'engageât à la légère...

— Vous dites bien... ma sœur...

M. Le Vasseur, Jeannine et Antoine les rejoignaient. Ils se turent.

— C'est mon autre maman, n'est-ce pas, mère? fit l'enfant en désignant Jeannine.

— Oui, mon chéri.

Jeannine prit le bras de Marcelle et ces messieurs s'éloignèrent un peu pour regarder un semis d'asperges.

Antoine jouait avec Fixo, le lévrier de l'oncle Louis.

— Marcelle, tu n'as pas de secrets pour ta petite Jeannine? demanda mademoiselle Parcellier.

— Non, mignonne, non...

— Que te disait mon père?

— Il parlait d'un mariage.

— De mon mariage avec M. Samuel Heymann?

— Tu savais donc?...

— Frédéric m'a tout dit.

La duchesse devint sérieuse.

— Tu n'as vu M. Heymann qu'une seule fois... Vous vous connaissez à peine...

— C'est vrai...

— N'es-tu pas heureuse avec ton père? Pourquoi songer si vite à le quitter?...

— Comme te voilà grave...

— C'est que, vois-tu, Jeannine, c'est chose grave que le mariage.

—Tu as raison, toujours raison... A une autre femme, je n'oserais pas me confier de la sorte... mais à Marcelle, je puis tout dire... Pardonne mon irréflexion en faveur de mon amitié pour toi... Pour t'épargner une peine, je prendrais toutes les peines...

—- Chère Jeannine...

—Oui... oui... M. Heymann voyage en Angleterre... Il connaît peut-être deux cents jeunes filles plus intelligentes et plus jolies que moi... Il y a, paraît-il, à Londres, une cousine que M. Samuel adore... Les amoureux « flirtent » sans doute à cette heure... J'étais folle... Parlons d'autre chose, veux-tu?...

M. Parcellier proposa une promenade. On traversa les prairies. Ces messieurs restaient en arrière, pendant que les jeunes femmes et Antoine entraient à l'église de Bareuil, une vieille petite église de campagne à demi perdue dans les lierres et les chèvrefeuilles.

L'église était déserte.

Au milieu de la nef apparaissait un immense

lustre d'argent massif, le cadeau de noces de Marcelle.

Les deux dames et l'enfant prirent place dans la stalle réservée à la famille de Lormont, et la duchesse fut heureuse de retrouver dans le lieu sacré une épave de sa grandeur déchue. A trois ou quatre, les fauteuils de la stalle disaient presque l'histoire des seigneurs du pays, et l'on contait même que l'un d'entre eux avait été offert aux Lormont par un roi de France.

Le curé entra se dirigeant vers la sacristie. Ces dames, leur prière terminée, présentèrent leurs hommages au vieux prêtre qui les avaient baptisées toutes deux. Le curé s'approcha de la duchesse, et tendant le bras vers l'autel :

— C'est là, ma fille, où j'ai béni votre union... Dieu vous a envoyé de dures épreuves, vous les avez supportées courageusement... Fasse le ciel que l'union de votre cousine que j'ai l'espoir de bénir bientôt, soit plus clémente...

— Oh! monsieur le curé, dit Jeannine, rien n'est encore décidé...

— Il paraît, au contraire, mademoiselle, reprit le vieux pasteur, que tous les obstacles sont sur le point d'être surmontés... M. Parcellier m'a montré aujourd'hui même une lettre dont il a dû me cacher la signature... M. Samuel Heymann est décidé à se convertir à la foi catholique en épousant mademoiselle Jeannine... C'est là un noble exemple qui sera suivi certainement un jour par les autres membres de cette illustre famille...

La duchesse Marcelle s'appuya, chancelante, contre la porte de la sacristie.

— Qu'avez-vous, madame la duchesse?... Remettez-vous....

— Marcelle... Marcelle... disait Jeannine, en soutenant la duchesse...

— Maman ! criait Antoine tout en pleurs...

Marcelle tomba sans connaissance entre les bras de Jeannine. Au bout de quelques minutes, pendant qu'on lui mouillait le front, Marcelle ouvrit les yeux et elle regarda tout ce monde pressé autour d'elle, demandant à tous : — Est-

ce que j'ai parlé?..... On ne comprit pas sa
question.

De retour à Paris, la duchesse dit à son
mari :

— Frédéric, pourquoi jouer ainsi avec le
cœur d'une enfant? Tu sais bien que ce mariage
est impossible... que M. Samuel Heymann n'a
jamais songé sérieusement...

— Ce mariage est impossible, dis-tu?... Et
pourquoi donc?... Parce que l'ami Samuel est
israélite : il se convertira... J'ai écrit au papa
Parcellier pour calmer les inquiétudes de notre
bon curé de Bareuil... C'est moi, Marcelle, qui
organise ce mariage pour le grand bonheur
de nos amis... Je ne comprends pas vraiment
que tu viennes ainsi te mettre en travers de mes
projets... Crains-tu donc que ta cousine ne soit
pas heureuse avec Samuel? Mais, tu connais
Heymann... Samuel est la bonté même... Ne
nous a-t-il pas donné une preuve éclatante de
son affection... et aussi de sa délicatesse, en
nous épargnant longtemps ses visites, après

le service rendu?... Donc, si — comme une lettre récente me le fait supposer, Heymann persiste dans son désir : si Jeannine aime Samuel, n'avons-nous pas tous deux le devoir de préparer leur union ?...

Marcelle ne trouva pas un mot à répondre.

## X

A Londres, l'avenue d'Hyde-Park avec ses maisons aux colonnades de marbre et ses fenêtres disparaissant sous des brassées de verdure et de géraniums rouges, est bien l'un des endroits les plus merveilleux du monde. Nous sommes au mois de juillet 1882 : la *season*.

Les équipages défilent à la queue-leu-leu; les amazones galopent en escadrons serrés, la lèvre riante, les yeux flamboyants et flamboyantes aussi leurs chevelures d'or; les policimen, gantés de noir, casse-tête pendant à la ceinture, se tiennent au milieu du flot des cabs et des landaus; et tout ce monde passe et s'en-

gouffre dans le Bois qui ne reçoit que des voitures de maître.

Vers cinq heures du soir, l'avenue d'Hyde-Park
a une physionomie toute particulière; la foule
qui s'y presse est vivante et gaie et riche. Le soleil
se met de la partie pour éclairer ce coin enchan-
teur : les maisons n'ont guère plus d'un étage
ou deux, et le ciel d'un bleu pur sert de toile de
fond à ce panorama splendide.

La maison de banque des Heymann occupe
l'un des angles de l'avenue; elle touche à l'hôtel
de l'Ambassade de France : c'est là où les fleurs
sont les plus belles. Les fenêtres sont bardées
de fer; mais on ne s'en aperçoit pas sous la
luxuriante végétation des plantes; autant de
fenêtres, autant de jardinets écarlates.

Anselme Heymann, esq.; est l'un des gentle-
men les plus distingués de la haute société
anglaise. Ses comptoirs sont dans toute la cité;
son nom est en tête de tous les conseils d'admi-
nistration importants; ses navires, ils sont par

centaines sur toutes les mers. M. Heymann a
trois fils et deux filles; parmi les hommes, le
plus jeune est allé fonder un comptoir aux
Indes; le cadet, ancien élève de l'Ecole de Wolwich, est officier d'artillerie; l'aîné seul reste à
Londres. Des deux demoiselles, l'aînée, miss
Sarah, a épousé lord Ratersy, il y a quelques
mois; la famille destine la seconde, miss Winifred, à Samuel Heymann.

Le banquier est très estimé à Londres, où sa
bienfaisance s'exerce tous les jours, où son
intelligence le place au premier rang des gent-
lemen du Royaume-Uni.

Il est de ceux qui ont le droit d'accompagner
le prince et la princesse de Galles dans les
calèches à quatre chevaux qui escortent les
Altesses Royales; il est de ceux que la reine Vic-
toria admet dans son intimité et dans ses conseils au château de Windsor. C'est l'un des
hommes les plus riches du monde connu.

Il est membre du « Reform-Club » : le grand
établissement de Bank of England tremble de-

vant lui, comme aux heures critiques, les banquiers français tremblent devant les Heymann
de Paris.

M. Anselme Heymann est un homme vert
encore, malgré ses soixante ans passés. De haute
taille, un collier de barbe blanche encadrant un
visage rosé, des yeux gris et brillants, des lèvres
minces et, dans l'attitude, un peu de la majesté
d'un rabbin. Mistress Heymann, sa femme, est de
la famille des Heymann de Russie : la dame est
bénie et vénérée dans les quartiers pauvres.
Elle aime ses enfants de tout son cœur : elle est
la reine du *home*, et la présidente de toutes les
bonnes œuvres des Synagogues.

L'aîné de la maison, Isaac Heymann, est un
jeune Anglais aux larges favoris en éventail, aux
dents bien blanches : les affaires considérables
qu'il traite chaque jour ne lui permettent guère
de goûter les joies de son intérieur.

Miss Winifred résume le type juif dans toute
sa pureté primitive. Ses beaux yeux, noirs comme
deux raisins mûrs, ont gardé une flambée du

soleil qui mûrit les grappes de l'autre côté de la
Manche; ses lèvres purpurines ont tout l'éclat et
toute la fraîcheur de la santé et de la jeunesse;
sa taille souple et élégante, ses bras nerveux, sa
chevelure noire frisée font d'elle l'amazone la
plus gracieuse et la plus admirée qui galope
dans Hyde-Park, la cravache haute et le rire au
vent.

Dans cette maison où une véritable armée
d'employés travaille nuit et jour, Winifred est
une Providence bénie. Si, parfois, son père, inflexible sur les règlements affichés dans tous les
bureaux de la Banque, menace d'exécuter quelque employé en défaut, Winifred intervient et
sollicite la grâce du délinquant. La jeune fille a
des manières si douces de solliciter le pardon que
le banquier ne sait rien lui refuser.

Ceux qui n'ont pas vu cet intérieur et qui
pourtant connaissent Londres, ne peuvent mieux
faire pour la réalité des choses que de se rappeler l'admirable organisation du *Times* : l'ad-
ministration du *Times* sera en petit — différence

9.

de travaux gardée — ce que la maison Heymann est en grand. Le même ordre, la même régularité, la même mathématique. La devise, connue comme la Tour de Londres et sévère comme une prédication à l'abbaye de Westminster, préside à tout : *Times is money* : tout est là. C'est le *être* ou *ne pas être* du grand Will.

Et pourtant, malgré ses richesses — au milieu des joies calmes de la famille — M. Heymann avait des tristesses incompréhensibles.

Depuis le mariage de sa fille aînée avec lord Ratersy, il n'était plus le même homme, non pas ue son gendre fût indigne d'entrer dans sa amille, les Ratersy occupent en Angleterre une situation considérable, tant par leur valeur personnelle que par leur crédit et leur importance dans l'histoire du Royaume ; mais le banquier juif aurait désiré que sa fille épousât Jacob, son neveu de Berlin ; de même qu'à cette heure il désirait, et plus ardemment encore, que Winifred devînt la femme de Samuel.

Aussi, quand on reçut la dépêche annonçant

l'arrivée de Samuel, le vieil Heymann regarda sa fille et, rayonnant de joie, il dit :

— Allons, les Heymann seront encore les maîtres du monde... Le sang d'un seul étranger nouveau-venu dans notre famille ne détruira pas notre autonomie. Nous resterons nous-mêmes...

Samuel ne se pressait pas d'arriver. Il venait à Londres par le chemin des écoliers et des artistes, par Folkestone et par la Tamise. Il revit sans émotion — tant son âme était torturée — les magnifiques paysages des côtes d'Angleterre, Gravesend et Wolwich perdus dans la noire verdure. Debout sur le pont — pendant que les autres passagers, enveloppés dans leurs châles de voyage, laissaient leur regard monter dans la lumière du jour qui se levait ; pendant que le soleil apparaissait sur la Tamise dans une trouée de pourpre et d'or, et que les ombres toutes bleues avec des reflets d'acier et des pointes d'étoiles s'éteignaient dans les limpidités de l'eau, Samuel restait là, les bras croisés, l'œil atone, indifférent aux beautés de la nature et aux splendeurs défaillantes de la nuit.

Le capitaine du paquebot, tout fier d'avoir à son bord le millionnaire dont le nom était connu de l'univers entier, était toute grâce et toute prévenance.

— Votre Honneur désire-t-elle ceci?... Votre Honneur préfère-t-elle cela ?

Samuel devenait l'objet d'un examen attentif :

Des Français contaient cette rengaine :

— L'or ne fait pas le bonheur...

Des Anglais plus positifs ajoutaient, pleins de morgue :

— On a le droit d'être gai ou triste, quand on a le sac de mylord.

Samuel acceptait les platitudes du capitaine et les obséquiosités des voyageurs, avec une égale indifférence : rien ne pouvait le distraire de sa peine.

On abordait à la douane, au milieu des mille vaisseaux qui peuplent la Tamise.

Une voiture attelée de deux beaux chevaux

attendait sur le quai. Anselme Heymann était
venu lui-même au-devant de celui qu'il nommait
déjà son gendre. L'effusion fut toute cordiale
de la part du juif anglais : elle fut réservée,
un peu froide, du côté de l'autrichien.

Un camion spécial devait prendre les malles.
On partit de suite.

— C'est Winifred qui va être contente, murmura l'Anglais, les yeux troubles.

Samuel eut l'air de quelqu'un qui ne com-
prend pas.

M. Heymann n'en fut pas effarouché. De
longue date, il connaissait la nature peu expan-
sive de son neveu et il se rassurait lui-même
en se disant que Samuel ne serait pas venu à
Londres, sans des intentions matrimoniales bien
arrêtées.

Miss Winifred — en costume d'amazone — revenait d'Hyde-Park, toute enivrée de grand air.

— Bonjour, cousin.

Ils se donnèrent la main à l'anglaise.

— Embrasse-la, dit la mère à son neveu.

Un peu émue, la jolie juive tendit sa joue. Le baiser fut glacial.

A midi, la famille prit place à table.

— Eh! mon neveu, dit le vieil Anselme, tu n'es pas causeur... On dit pourtant que les Parisiens ont la gaieté plus facile que les Anglais... Voyons, et les théâtres, les pièces nouvelles?... la politique?...

Samuel sembla lutter contre les idées qui l'envahissaient et il parla de Paris.

Mais dans sa conversation, on démêlait des préoccupations étrangères aux paroles qu'il laissait tomber de sa bouche d'une manière inconsciente. Seule, Winifred avait compris que son cousin était à jamais perdu pour elle.

— Allons dans mon cabinet, mon cher Samuel, mon fils... Tu me permets bien de t'appeler ainsi? dit M. Heymann en s'appuyant familièrement sur le bras de son neveu.

Ils s'assirent en face l'un de l'autre, dans une magnifique salle tendue de cuir vert, aux larges fenêtres toutes dorées ouvrant sur l'avenue. Ils

causaient doucement et le murmure de leur
conversation était souvent interrompu par un
bruit de métal venu des caisses voisines. Dans
tout l'hôtel, depuis les sous-sols qui vibraient
au remuement des gros sacs d'or et d'argent jusqu'aux bureaux de recette où les garçons de la
banque se succédaient avec des sacs ventrus,
il y avait comme une chanson des millions, une
chanson vivante dont le cliquetis des coffre-
forts, les froissements de papiers bleus, les sonneries des monnaies battaient la mesure et dont
le refrain, prenant une âme, montait au-dessus
de la ville et s'étendait sur le monde en un ruis-
sellement d'or. De temps à autre, des employés
venaient demander une signature au patron.

— Tu vois, Samuel, le vieil oncle travaille toujours... Tu as laissé la banque, toi ?

— Oui et pour toujours.

— Enfin, tu as ton frère qui te remplace à
Vienne...

— Et avantageusement... j'aurais fait un
financier déplorable...

— Qu'aimes-tu donc ?...

— Rien... ou à peu près rien...

— Le drôle de langage... Quand on est jeune, riche et beau, il est bien rare qu'on ne soit aimé de personne... Il est impossible qu'on n'ait pas soi-même quelque amour en tête...

Samuel resta sombre. Alors, M. Heymann s'enhardit :

— Je vais être plus clair, mon brave Samuel... La vie te pèse parce que tu es seul... Il te faut une compagne...

— Je ne veux pas me marier, mon oncle.

Anselme Heymann se leva brusquement.

— Ce n'est pas sérieux ce que tu viens de dire... On ne joue pas ainsi la comédie...

Il s'arrêta ; et puis venant à Samuel, il lui prit les mains :

— Samuel, je t'aime comme j'aime mes enfants... Je vais te parler en père affectueux.

— Je vous écoute, mon oncle.

— J'ai une fille qui te donnera le bonheur... Veux-tu être mon fils ?...

— Oncle Anselme, vous êtes le chef de notre famille : je vous aime et je vous respecte; mais il m'est impossible de voir en Winifred autre chose qu'une sœur chérie...

M. Heymann continua :

— Samuel, tu aimes, dis-tu, Winifred comme une sœur; tu l'aimeras, un jour, comme une femme...

— Je ne puis pas être le mari de Winifred, dit résolûment Samuel.

Anselme Heymann restait là, accablé, anéanti.

— Monsieur, conclut-il, j'ai eu tort d'insister... C'est fini maintenant... Ah! je le vois, notre famille va disparaître... Les descendants sont indignes des aïeux... La grande idée d'Anselme Heymann est trop lourde pour vos épaules chétives... Après avoir déserté la profession, vous désertez la famille... Allez, monsieur, allez. Il ne vous manque plus que d'affirmer dans vos clubs et dans vos boudoirs parisiens que les Heymann de Londres vous ont offert leur fille et que vous n'en avez pas voulu...

Avant son départ, Samuel eut une entrevue avec Winifred :

— Winifred, ne m'en veuillez pas de ma résolution... Je ne puis me donner à vous... Mon cœur ne m'appartient plus et je ne voudrais pas vous tromper... Vous trouverez dans notre famille ou en dehors de notre famille un homme qui vous rendra heureuse... Moi, je suis indigne de vous... Oh ! ne m'interrogez pas... J'étais venu à Londres me croyant guéri et voilà que le mal qui est en moi et que je ne puis vous dire me torture encore... Sachez seulement que je lutte contre un amour désespéré et que je suis malheureux... bien malheureux... Votre père a tort de croire que l'on se façonne et que l'on se pétrit à sa guise... Regardez-moi bien en face, cousine, et dites-moi si celui qui vous parle à cette heure peut être votre mari ?...

La demoiselle porta sur Samuel un regard plein de douceur et de pitié.

— Samuel, je ne sais rien encore de la vie...
On m'a élevée avec la pensée que je serais un jour
votre femme... Il ne doit pas en être ainsi... Que
la volonté de Dieu soit faite !.. Adieu, cousin,
adieu...

## XI

Pendant que Samuel Heymann, brusquement parti de Londres, promenait son spleen dans les montagnes de la Suisse, Marcelle semblait avoir retrouvé un peu de calme. Grâce à un travail de toutes les heures, madame de Lormont faisait face aux dépenses du ménage. En ce mois d'août, elle brodait le trousseau de mariée de mademoiselle de Tessières, la fille d'une ancienne amie du faubourg Saint-Germain.

Cette bourgeoise de France que le sort avait unie à un gentilhomme dépenaillé, coureur de cabotines et presque célèbre par ses honteux expédients; -— cette mère, épouse au cœur flétri, qui, froidement, avait accepté le sacrifice de son honneur de femme, trouvait dans le travail une rédemption des souillures passées.

Le soir, lorsque la maison était endormie, elle s'asseyait à sa petite table d'ouvrage. La douairière restait un moment auprès d'elle.

— Ma fille, vous vous rendrez malade. Je vous en supplie, prenez un peu de repos...

— Comme tu es pâle, maman, disait Antoine en joignant ses petites mains... Tu travailles comme une ouvrière... Tu étais plus jolie chez nous — les soirs de bal — avec ta grande robe blanche et tes roses... Dis, maman, pourquoi est-ce que tu fais l'ouvrière?... Maman, que sont devenues tes roses?...

Marcelle ne répondait pas et des larmes froides coulaient le long de ses joues amaigries.

— Antoine, tais-toi... tais-toi... regarde ta mère qui pleure, murmurait madame Gersinde...

Et l'enfant, le regard étonné, laissait tomber de ses mains les jouets, les polichinelles, les cavaliers de bois, les toupies, les bilboquets, autant de cadeaux de M. Samuel : les cavaliers et les polichinelles se cassaient bras et jambes, les bilboquets et les toupies roulaient pêle-mêle sur le plancher et Antoine devenait grave.

— Patatras !... Patatras ! chantait tristement le petit.

Ce mot sonnait aux oreilles de sa mère ; et entre ses doigts tremblants, l'aiguille ne marchait plus. Patatras, c'était la ruine de la famille... Patatras, c'était la chute de l'épouse adultère... Patatras !... Oh ! ce Patatras !....

Alors, Antoine se levait doucement et il venait appuyer sa tête blonde et frisée sur les genoux de la mère.

— Maman, je serai bien sage... Ne pleure plus... j'ai envie de pleurer quand tu pleures...

— O mon bébé... O mon chéri...

La jeune duchesse couvrait son enfant de caresses.

Antoine s'éloignait un peu ; il plissait ses lèvres roses appelant les baisers, et il revenait encore, allant de grand'maman à mémère ; et c'étaient, par la chambre, des rires enfantins, joyeux comme des piaillements d'oiseaux qui mettaient un peu de soleil au milieu de ces longues heures si longtemps silencieuses et sombres.

— Tu vas dormir, bébé... Vous aussi, mère, vous allez prendre du repos...

— Et vous, ma fille?

— Et toi, petite mère?

— Oh! moi, je veux finir de broder cette jupe... La comtesse de Tessières attend... Je ne dois pas faire attendre... On ne me donnerait plus d'ouvrage... Allons, viens, mon Antoine, je vais te déshabiller...

— Papa ne couche plus chez nous, maman? Voici deux nuits que papa rentre, lorsque nous nous levons...

— Ton père est obligé de sortir...

— Pour gagner de l'argent aussi, n'est-ce pas?... Comme c'est triste d'être obligé de gagner de l'argent... Toi, mémère, si tu étais aussi riche qu'autrefois, tu ne travaillerais pas...

Quand je serai grand, moi, je travaillerai... tu te reposeras...

L'enfant est couché ; les deux dames causent encore :

— Chère Marcelle, vous êtes bien la femme du foyer, la femme du devoir... Frédéric est impardonnable... C'est un fou... un fou...

— Frédéric me rend malheureuse ; mais je lui pardonne...

— Où passe-t-il donc ses nuits ?...

— Je ne sais pas... Au café, au cercle, sans doute...

— Il doit être sans argent et il va mis comme par le passé... C'est à n'y rien comprendre... J'ai honte de mon fils...

— Mère...

— Marcelle, il faut que cela ait un terme... Frédéric nous cache la vérité... J'ai voulu savoir... Hier matin encore, pendant que je me rendais à Saint-Vincent de Paul, j'ai aperçu dans la rue Gérando une magnifique voiture... Frédéric était dans la voiture... A ma vue, il a détourné la tête... Le cocher a changé de direction...

— Un de ses amis du cercle qui lui aura prêté ses chevaux...

— Non, c'était la voiture d'une femme.

— D'une femme ?... Oh! mon Dieu...

— Oui, d'une femme... Les voisins ne se gênaient pas pour le dire...

— Vous vous trompez, mère... Vous vous trompez...

— Dieu vous entende, ma fille...

— Je verrai Frédéric... Je lui parlerai...

— Il mentira...

— Ce serait odieux... odieux... C'est une calomnie...

La jeune duchesse est devenue d'une pâleur de morte.

— Bonsoir, ma fille...

— Bonsoir, mère...

Mais la voyant si pâle et si défaite, la douairière craint d'en avoir trop dit :

— Peut-être après tout ai-je mal vu... mes yeux sont affaiblis...

10

— Oui... oui... vous vous êtes trompée... Frédéric n'est pas descendu si bas...

Maintenant, Marcelle est seule. Cette confidence que la douairière lui a faite, après de longues hésitations, estimant que la duchesse a l'autorité nécessaire pour réprimander son mari s'il le mérite, a tellement bouleversé la jeune femme que les fils et l'aiguille se mêlent et se confondent entre ses mains. Son cœur bat à se rompre ; elle tressaille. Elle est là, clouée sur sa chaise, les yeux fixes, les bras ballants le long de son corps. Les souillures de l'amant pèsent sur elle et d'un tel poids que son être tout entier en est affaissé ; la honte nouvelle qui la menace la force à courber son front plus bas encore ; elle baisse la tête sous les ignominies sans nombre ; et lasse, lasse, elle s'agenouille, sans la force d'une prière.

La fille du Nord regrette l'existence des champs, la ferme ébranlée sous le bruit des machines ; elle maudit ce désir d'orgueil qui lui faisait tant apprécier naguère son titre de duchesse ; elle maudit l'amour que lui inspire encore ce gentilhomme — son mari — auquel les bourgeois refuseraient la main. Elle juge sa vie, et pleine d'épouvante, elle se dit que quels que soient les lâchetés et les crimes de l'homme dont elle porte le nom, elle, l'épouse coupable, la femme adultère, elle n'a droit ni à une plainte, ni à une larme.

La grande dame est pourtant économe ; elle est rangée comme une bourgeoise. Voici bientôt six mois qu'elle porte la même robe noire, une robe unie qu'elle a confectionné elle-même. La servante Gabrielle est mieux mise que sa maîtresse. Quand elle a quelques économies, le plus grand plaisir de la duchesse consiste à acheter un vêtement à son fils, un de ces vêtements que les magasins de nouveautés étalent dans leurs vitrines et que l'enfant reçoit, ignorant du labeur, des privations et des larmes qu'ils ont coûtés.

Il a bon air le petit gentilhomme sous ses

habits à prix fixe qui semblent être faits à sa taille : le fils du duc Frédéric a gardé quelque chose de la morgue aristocratique du père. Souvent, il accompagne la domestique chez les fournisseurs du quartier. Le concierge lui trouve de la ressemblance avec le feu prince impérial :

— On jurerait le prince...

L'enfant salue à peine le concierge et il descend gravement la rue Rochechouart, dédaigneux pour le marchand de volailles et refusant toujours les friandises que lui offre l'épicier. Si Antoine est hautain avec les étrangers, volontaire et tapageur avec sa bonne, il adore sa mère. On dirait que déjà le petit être, dont l'intelligence est singulièrement déliée, devine que le papa n'existe plus pour lui.

— Tu es méchant, dit-il à son père, tu fais pleurer maman...

Le duc fronce le sourcil :

— Assez... n'est-ce pas ?... Assez...

Antoine se recule de l'homme qui va et vient dans l'appartement, les mains dans les poches, en quête de quelque nouvel expédient pour se procurer des ressources.

— Papa marche comme un voleur, murmure l'enfant effrayé.

Marcelle a repris son travail. Le jour naît. De la rue monte le bruit des voitures. La jeune femme entr'ouvre sa fenêtre et ses yeux bleus par la veille ne rencontrent que les fillettes et les employés se rendant au labeur quotidien.

Depuis un moment, Marcelle regarde la rue de plus en plus animée. Les marchandes crient les fruits de la saison ; les voitures et les omnibus mènent grand tapage ; çà et là, des ouvriers passent, les bras nus, le corps ployant sous les fardeaux ; un charretier dont les chevaux surchargés sont impuissants à gravir la montée cingle ses bêtes de coups de fouet terribles ; dans un coin de la rue, une vieille mendiante bat un pauvre gars écloppé revenu les mains vides ; tout auprès de la mendiante, un chien dont les deux pattes de devant sont brisées s'é-

crase contre le mur, en hurlant ; deux mauvais
drôles maltraitent une fille dont la nuit n'a pas
été plus productive que la matinée du petit men-
diant : partout du travail et partout des larmes ;
et sur tous ces drames de la vie réelle qui passent
comme un éclair, s'épanouissent d'étourdissantes
flambées de soleil.

Penchée à sa fenêtre, la jeune femme aux
cheveux d'or pâle se tient la tête entre ses mains ;
et bien que terrifiée par le spectacle des tristesses et des douleurs encore présentes à sa vue,
elle envie le sort de tous ces misérables, des
gens et des bêtes aussi.

— Oh ! c'est fini... Il ne reviendra plus, râle-
t-elle dans un sanglot désespéré...

L'idée de se tuer lui étant apparue comme
la seule délivrance possible, elle fait un effort surhumain pour s'arracher de sa fenêtre,
pour fuir le vide qui l'attend, béant.

La bataille parisienne passe chaude et vivante ; c'est une clameur formidable au milieu

de laquelle le dernier cri de la femme s'exha-
lera sans être entendu...

Tout l'invite à mourir, tout, depuis ces rayons
de lumière qui marquent sur le trottoir la place
de son corps, jusqu'à ces jupes de filles qui traî-
nent sur les pavés et qui vont balayer son sang...

Mais la mère ne veut pas mourir.... Elle se
dirige vers son lit, chancelante et livide, et elle
s'y étend tout habillée, toute froide, comme on
met une morte dans sa bière.

Vers onze heures, le concierge apporta un
télégramme.

Le duc écrivait :

« Ma chère petite femme

» Mille et mille pardons... Tu as dû être bien
inquiète... Voici : le général Bercoff — un de
mes amis intimes — vient d'arriver à Paris. Le
général m'a prié de l'aider à rédiger un rapport

très urgent pour le gouvernement russe... Nous avons passé la nuit et la matinée au travail... L'ami Bercoff me promet une situation magnifique : nous déjeunons ensemble... A tantôt.

» Je t'embrasse.

» FRÉDÉRIC. »

— Il ment, gronda Marcelle, la lèvre frémissante.

La douairière entrait :

— Vous avez des nouvelles, ma fille ?

— Oui... Frédéric a passé la nuit chez le général...

— Quel général ?..

— Voyez vous-même...

Après avoir pris connaissance du petit papier bleu, madame Gersinde hocha douloureusement la tête :

— Ma pauvre fille... Que de hontes !... Mon Dieu, que de hontes !...

— Mère, je saurai la vérité...

— La vérité?... Pour vous rendre plus malheureuse encore... C'est bien la peine...

Et la vieille dame se retira en grommelant :

— Ah! le bandit!... Si son père vivait, il le tuerait...

On sonnait à la porte. Gabrielle fut ouvrir et elle introduisit deux dames dans le salon.

— Mesdames de Tessières, dit vivement Marcelle en lisant la carte que lui tendait la domestique... Priez ces dames d'attendre...

La comtesse de Tessières et sa fille examinaient le salon :

— Comme c'est petit ici... et froid, et triste, dit la comtesse, une grande femme maigre, à la figure couperosée, au nez crochu, dont les yeux clignotaient sous un tic nerveux... Et l'escalier? Quelle horreur !...

— La duchesse est pauvre...

— La pauvreté n'excuse pas la malpropreté...

La jeune fille répondit doucement :

— Tu te trompes, mère... Regarde : tout est bien en ordre... Nulle part, on ne voit trace de poussière... Nous sommes chez de pauvres gens : il ne faut pas l'oublier...

— C'est leur faute s'ils sont pauvres...

— Tu m'avais dit que la duchesse...

— J'ai dit... j'ai dit... madame de Lormont a été une élégante, une dépensière... En somme, cette duchesse n'est qu'une parvenue...

— Madame Marcelle était très bonne pour moi, quand j'allais rue de Varennes.

— Eh bien, nous lui donnons de l'ouvrage : c'est tout ce que nous pouvons faire... Si la duchesse avait voulu suivre les conseils de son oncle le paysan, elle vivrait heureuse à Bareuil, au lieu de traîner la misère avec ce duc qui déshonore son nom...

— Mère, voici la duchesse...

La demoiselle se leva ; la mère restait assise.

— Bonjour, comtesse...

— Bonjour, madame.

Marcelle se sentit humiliée ; mais elle surmonta son trouble.

— Chère petite Adrienne, vous allez bientôt

devenir marquise, fit-elle en prenant les mains
de la demoiselle.

— Oui, madame la duchesse.

— M. de Valons est un jeune homme très dis-
tingué... Je l'ai vu, chez sa mère, à l'époque où
il était encore au lycée... mais, je bavarde...
Voici mon ouvrage...

Et la duchesse étala sur la table du salon de
magnifiques batistes brodées.

— Oh! c'est merveilleux... viens... viens,
maman, dit la jeune fille.

La comtesse de Tessières s'avança :

— Très bien... très bien... tout est prêt, madame ?

— Tout sera prêt demain soir, comtesse.

— Vous aviez promis...

— J'ai été un peu souffrante.

— J'aime l'exactitude, madame.

— Mère ?.. intervint encore la demoiselle.

La comtesse eut une légère crispation de
nerfs :

— Alors, madame, votre travail sera livré demain soir, à l'hôtel? Combien vous dois-je?...

La dame avait tiré de sa poche son porte-monnaie.

— Je ne me suis pas encore bien rendu compte... répondit la duchesse rougissante... Cent cinquante francs, est-ce trop?...

— Oh! non, non, fit vivement mademoiselle Adrienne... La duchesse ne demande pas le prix de son chef-d'œuvre... Je pensais que trois cents francs...

La comtesse de Tessières paya les cent cinquante francs demandés par Marcelle.

— Madame... Souvenez-vous... demain soir, avant sept heures... Nous sommes de passage à Paris, nous revenons à Trouville; je tiens à me préserver autant que possible de l'ennui d'attendre les fournisseurs... même les fournisseurs amis... Au revoir, madame...

Mademoiselle Adrienne embrassa la duchesse et la bonté de la jeune fille parut atténuer dans l'esprit de Marcelle les tristesses que les dures paroles de la mère y avaient apportées.

A cinq heures, le duc Frédéric descendait d'un fiacre. Il monta rapidement l'escalier. Dans le vestibule, il se trouva face à face avec sa mère.

— Je vous attendais, Frédéric, dit la douairière... Venez, j'ai à causer avec vous.

Le gentilhomme hésitait.

— C'est que je suis très pressé... Marcelle ne vous a pas montré ma dépêche... Mon ami le général m'a retenu à dîner pour ce soir... Je ne voulais pas accepter. Mais de cette entrevue dépend peut-être ma situation à venir... une position splendide, maman...

Madame Gersinde s'était dressée menaçante :

— Venez, monsieur... Ce que j'ai à vous dire doit être ignoré de votre femme... Déjà, je regrette d'avoir parlé devant elle...

Ils entrèrent dans la chambre de la douairière.

-— Frédéric, continua la vieille dame, un ami vous a épargné la honte et le déshonneur... Vous retombez toujours...

11

Le duc caressait sa barbe avec des mouvements fiévreux.

— Quelque faux rapport, sans doute?

— Non, monsieur, non... Votre mère n'est pas la dupe de vos mensonges... Hier matin, pendant que je me rendais à la messe, je vous ai aperçu dans une voiture de maître... M. Samuel Heymann est absent de Paris et je ne suppose pas que votre ami, vous connaissant comme il vous connaît, ait mis ses chevaux à votre disposition...

— C'est vrai... Samuel ne m'a pas écrit depuis plusieurs jours et je n'avais même pas songé à lui demander ce nouveau service...

— Si vous y aviez songé...

— Je l'aurais fait peut-être... Entre amis, n'est-ce pas?

— Eh bien, monsieur, savez-vous ce que contaient les voisins, en vous voyant descendre de voiture?

— Non, vraiment... Le landau appartient à Bercoff et...

— On disait que depuis plusieurs jours, vous vivez aux dépens d'une femme... que cette voiture est celle de votre maîtresse...

Frédéric eut un gros rire. Il se renversa sur son siège :

— La bonne plaisanterie... Comment, maman, vous avez pu croire...

— Jurez-moi...

— Mais, je vous jure tout ce que vous voudrez... Je me suis toujours conduit en galant homme... Les voisins sont des idiots et des crétins...

— Devant votre serment, Frédéric, je ne veux pas insister... Je fais seulement appel à vos sentiments généreux et je vous demande s'il est bien à vous de laisser votre femme se tuer de travail, tandis que vous passez vos nuits en fêtes...

— Au travail, maman... Nous avons rédigé un rapport superbe sur la création d'une société financière en voie de formation : on me promet cinquante parts et le titre d'adminis-

trateur, c'est gentil, dites?... Hein? C'est gen-
ti ?...

La mère se préparait à continuer ses remon-
trances; Frédéric ne lui en donna pas le temps:

— Excusez-moi... Il faut que je m'habille...
Il sortait. Marcelle lui barra le chemin.

— Vous nous quittez, Frédéric? Quel homme
êtes-vous donc?...

Le duc, très gracieux, baisa sa femme au front:

— Un homme qui t'aime bien et qui lutte
pour te donner le bonheur dont tu es digne...
Pas une minute à perdre, par exemple...

— Alors, tu ne me trompes pas? Ce que l'on
avait dit, en présence de ta mère...

— Est faux... absurde... je te présenterai mon
ami le général Bercoff... un cousin du czar...
Tu vois que mes relations sont puissantes...

Les deux dames échangèrent un triste regard.

Maintenant, le gentilhomme, en habit, claque
sous le bras, la moustache frisée, la boutonnière
ornée d'une rose blanche, donnait un dernier

baiser à sa femme et à son enfant. Antoine, ravi,
battait des mains :

— Papa est beau, aussi beau que lorsque
nous étions riches... pourquoi est-ce que tu ne
te fais pas belle, maman?...

# XII

Anna la Limousine, cette fille que, pendant une nuit de déveine, le duc Frédéric avait rencontrée au *Café Américain*, menait, en effet, un très grand éclat de maison. L'hiver dernier, elle se vantait d'être riche, et l'on se souvient de l'effet déplorable que produisaient auprès de ses amies l'exubérance de paroles de la jolie provinciale.

— Menteuse comme un arracheur de dents, murmuraient les bonnes petites camarades.

— Rusée comme un singe, disaient les garçons de salle auxquels la belle Anna ne marchandait pas les pourboires.

Anna avait débuté dans la vie parisienne en

qualité de fille de brasserie, au quartier latin ;
puis elle était venue s'installer sur la rive droite,
rue Clapeyron, en plein quartier de l'Europe.
La demoiselle trônait aujourd'hui dans un superbe hôtel de l'avenue des Champs-Élysées, un
hôtel à elle, princièrement meublé par le général
russe Bercoff, son amant en titre.

La Limousine — ainsi que la nommaient familièrement ses amis — était reconnaissante à
ceux qui l'avaient si bien lancée, notamment à
un journaliste, du nom de Fonreau, un triste
monsieur que l'on retrouvait partout où il y
avait une indélicatesse à commettre. C'était Fonreau qui avait présenté le général à Anna.

Le général, que ses fonctions retenaient le
plus souvent à Saint-Pétersbourg et qui passait
seulement deux ou trois jours par trimestre à
Paris, ressentait quelque ombrage des assiduités
du journaliste. Aussi, parut-il enchanté, lorsque
celui-ci amena à sa maîtresse un nouveau venu,
le duc de Lormont.

— Ces deux hommes, pensa le Russe, se défieront l'un de l'autre... S'ils s'entendent pour me tromper, je les prendrai tous deux et je les jetterai par la fenêtre comme deux rameaux de bois mort... Au surplus, la Limousine est une maîtresse fidèle... et intelligente...

Certain soir que quelques décavés attendaient le dîner sur le balcon du cercle des *Artistes-Réunis*, Fonreau s'était approché de Frédéric.

— Que faites-vous ce soir, mon cher duc ?

— Mais rien... A peu près rien... La duchesse est à la campagne...

— Vous vous ennuyez, n'est-ce pas ?

— Horriblement.

— Venez avec moi.

— Où ?

— Je vous le dirai en route...

— Farceur de Fonreau...

— Pas farceur, mon cher duc... Pratique, voilà tout... On étouffe dans cette salle à manger... Ce cercle n'est amusant que l'hiver... allons dîner ailleurs...

— Vous m'invitez?...

— Je vous invite...

Fonreau monta dans le fiacre où Frédéric
venait de prendre place.

La voiture roulait du côté des Champs-Élysées.

— Voici, très cher, commença le journaliste...
Je vous présente à une amie qui sera heureuse
de faire votre connaissance... Madame Anna,
artiste-peintre...

— La Limousine?...

— Tout juste... Une femme-peintre qui a
beaucoup, beaucoup de talent... Vous aurez
votre portrait...

— Alors, je vous quitte...

— Vous êtes fou...

— Mais, je ne connais pas cette dame...

— Qu'est-ce que cela fait?...

— Vous êtes bon, vous, Fonreau... Oh! vous
êtes extraordinaire...

Le duc hésitait encore; il fut vaincu par les
arguments de son interlocuteur. Le journaliste

11.

conta à son ami que mademoiselle Anna était sa quasi-compatriote. La fille était venue très pauvre à Paris ; il avait, lui, Fonreau, mangé une fortune avec elle. Pour elle, il s'était ruiné en réclames étourdissantes... Le directeur de son journal l'avait renvoyé à cause d'une annonce qu'il avait publiée dans une chronique pour faire mousser sa protégée... N'était-il pas vraiment fort légitime que la demoiselle « arrivée » fût la camarade de son premier amant, aujourd'hui sans le sou et sans situation ?... Pauline Télien, la nouvelle étoile de l'*Opéra-Comique*, n'agissait pas autrement avec lui ; et c'étaient deux maisons ouvertes, deux maisons tout à fait agréables où son couvert était mis chaque soir... Avec cela, Fonreau pouvait attendre des jours meilleurs...

— Duc, croyez-moi, il n'y a que les imbéciles qui crèvent de faim à Paris... Oh ! les préjugés !... C'est très joli, les *préjugés*... Seulement, je ne connais pas de plat qui porte ce nom...

— Mais, le général...

— Le général, très cher duc, est content lorsqu'il y a du monde... Bercoff est à Paris depuis
ce matin... Je vais vous présenter... Un duc?...
Sapristi, c'est Anna qui va être fière... Vous
verrez un petit service... Je ne vous dis que ça...

Frédéric gardait le silence. Le journaliste
continuait :

— Voyons, là, franchement, aimez-vous mieux
dîner dans un bouillon Duval quelconque?...
Nous ne pouvons toujours manger au cercle...
Le maître-d'hôtel nous fait mauvaise mine...
Vous avez été riche; vous avez semé l'or sans
compter... C'est à nos dépens, aux vôtres comme
aux miens, que les belles petites se sont en-
graissées; c'est avec notre argent que les croupiers roulent carrosse : ne demandons rien aux
croupiers; mais ne dédaignons pas les amies
des jours heureux... Mon petit duc, vous êtes
malheureux et vous avez trente ans... Il ne faut
pas vous laisser mourir de faim... Tenez, l'autre
jour, vous me faisiez pitié : je vous ai vu entrer
dans un bouillon... Un duc dînant chez Duval :

il y avait là de quoi égayer tout Paris... Soyez-
moi reconnaissant... J'avais une occasion superbe de lancer un écho au *Figaro*... Je ne l'ai
pas fait, à cause de mon amitié pour vous...
Vous pensez peut-être que nous allons être seuls
chez Anna?... Dix personnes au moins, tous les
mardis, et un luxe... C'est le général qui régale...
Un homme superbe, le général!...

Ces messieurs venaient d'entrer au salon. Mademoiselle Anna était très entourée. Parmi les
gilets en cœur se remarquaient Bizoin, un maître
de danse qui sautait la table, au dessert; Let-
farié, un pianiste-compositeur très intelligent,
mais presque toujours ivre; Tardival, un peintre
sans tableau qui corrigeait les esquisses d'Anna,
son unique élève; le Dr Minot, un jeune médecin,
un électricien qui, désespérant de se faire une
clientèle dans son quartier, s'était mis à soigner
les migraines d'Anna. Le reste, des décavés aux
visages sombres que les domestiques accusaient
de voler les couverts d'argent.

Tous ces gens-là vivaient par la dame et pour la dame. Ils étaient là dix qui s'étaient créés dans la maison des spécialités productives, se mordant les uns les autres, mais retrouvant leur solidarité pour exploiter l'ennemi commun : la femme. Ce troupeau d'hommes affamés, qui rapportait des quatre coins de Paris les mots spirituels du jour, faisait les délices du général Bercoff. Fonreau distribua quelques poignées de main et désignant le duc :

— Permettez-moi, chère amie, de vous présenter mon ami le duc de Lormont.

Frédéric s'inclina.

Anna la Limousine eut un sourire de triomphe.

— J'ai déjà eu l'honneur de voir monsieur le duc, un soir... il y a bien longtemps...

— Au *Café Américain*, madame ?

— Précisément...

— Je me souviens...

— Aussi, j'ai prié Fonreau de vous inviter à nos petites réunions de famille... Je vous remercie d'être venu... Vous dînez avec nous, n'est-ce pas ?

— Madame...

— Oh ! vous savez... Il n'y a pas de cérémonies... Vous serez ici comme chez vous... Nous n'attendons plus que le général... Si Bercoff n'est pas ici à sept heures, nous nous mettons à table...

Grand, châtain, un monocle à l'œil droit, Fonreau, qui portait toute la barbe en éventail, rappelait par son torse d'hercule et son visage parcheminé, les lutteurs de foire en retrait d'emploi que l'on voit rôder, la nuit, autour de la *Boule-Noire*.

Chassé de toutes les rédactions de journaux et toléré à peine au cercle des *Artistes-Réunis*, à cause des recrues qu'il amenait à la table de baccara, Fonreau n'écrivait plus.

Il avait quarante ans et il comprenait bien qu'il était trop tard pour se créer une position. Au surplus, le journaliste d'antan n'était pas exigeant.

Il trouvait toujours le moyen de se faire payer son absinthe et de « tomber » d'un louis un ami ou une amie ; et, comme ses relations dans les deux sexes étaient nombreuses, il supportait la vie en philosophe.

— Mon cher duc, ce n'est pas plus difficile que cela, fit-il en prenant Frédéric sous le bras... Vous êtes chez vous, maintenant... tout à fait chez vous...

Les deux hommes se promenèrent dans les salons de l'hôtel avec un sans-gêne qui ne choqua nullement les invités.

Bien que dénué de tout sens moral, Fonreau eût fait des sacrifices pour tirer d'embarras un ami et même un inconnu : il avait une générosité instinctive, la générosité d'une fille pour laquelle la vie est un amusement et qui ne veut pas que des visages tristes gâtent ses joies.

Dans les cours des hôtels meublés où pullulent les filles, les mendiants font fortune avec leurs chansons, quand ils chantent des couplets rieurs et graveleux.

Le général fut exact ; les présentations eurent lieu ; et, à dater de ce jour, le duc Frédéric devint l'hôte assidu des dîners de mademoiselle Anna.

Causeur aimable, parisien élégant, Frédéric conquit bien vite une grande place dans l'intimité de la dame. Le journaliste n'en fut pas jaloux. Ainsi qu'il le disait lui-même, Fonreau avait plusieurs cordes à son arc et il trouvait très naturel que ce pauvre duc se tirât d'affaires, lui aussi.

Le général était revenu en Russie. Mademoiselle Anna, un peu souffrante, avait ajourné son voyage à Dieppe et elle exigeait que Frédéric vînt le plus souvent possible à l'hôtel : Elle s'ennuyait seule ; il lui fallait un ami pour la distraire.

La duchesse Marcelle était à Bareuil avec son fils et sa belle-mère. Le gentilhomme usa largement de l'invitation.

Déjà, les domestiques — des domestiques en culotte courte, très corrects sous leur habit à la

Russe sillonné de brandebourgs noirs flottants,
— traitaient le duc de Lormont comme leur
maître. C'était lui qui vérifiait les menus ; c'était
lui qui donnait des ordres pour les promenades
au Bois ; c'était lui qui payait les fournisseurs.

Mademoiselle Anna avait une toquade pour les
vieux cuivres ; le duc se faisait un plaisir de l'accompagner chez les marchands d'antiquités... Il
préparait la palette de la dame et il s'extasiait en
la regardant peindre.

Ce rôle de *factotum* — pour ne pas dire plus
— Fonreau l'avait rempli avant le duc ; mais, la
demoiselle s'enorgueillissait d'avoir à ses côtés,
à sa disposition, un gentilhomme qui portait l'un
des grands noms de France. La politesse du duc
la reposait des violences du général, de ce co-
saque parfois terrible dans ses colères, toujours
hargneux et toujours jaloux, qui se permettait
d'entrer dans son boudoir avec ses lourdes bottes
et qui la menaçait bêtement de lui faire faire
connaissance avec sa cravache.

Fonreau était bon enfant, sans doute ; mais,

Anna le trouvait trop obséquieux, et puis le journaliste était de race roturière comme elle. Avec
Fonreau, il fallait dire « Fonreau » tout court...
Un duc ?... Un vrai duc auquel au besoin elle
pourrait mettre une clef de chambellan dans le
dos, un grand seigneur qui n'aurait pas le droit
de parler en amant, qui se plierait à ses ordres
et à ses caprices, un gentilhomme déguisé en
larbin, il y avait là de quoi rendre enragées
toutes les Parisiennes.

Ce n'était pas tout.

La Limousine qui — dans sa vie galante —
avait eu à supporter les humiliations que lui
infligeait sa clientèle, savourait l'âpre jouissance
de la haine. Cette fille qui, en apparence, était
restée insensible aux polissonneries des brasseries et qui, en s'élevant jusqu'au demi-monde,
avait souffert des mépris plus intimes mais non
moins sanglants des viveurs à cravate blanche
et à pardessus court, — cette déclassée, lasse
de toutes choses, mettait son orgueil à comman-
der, à son tour. Vraiment, elle était fière de

recevoir chez elle les amants de ses jours malheureux et de leur apparaître comme une providence bénie — une grande artiste dont ils vanteraient le talent, dont ils seraient la réclame vivante.

Au milieu de son luxe éblouissant, la Limousine se reportait à la première semaine de son arrivée à Paris.

On disait comme cela à Limoges, que l'argent se gagnait sans peine sous le ciel parisien.

Anna, dont les parents mendiaient leur pain, fit la rencontre d'un voyageur de commerce venu d'un grand magasin de la capitale. La fillette vendait des fleurs pour vivre. Elle était fort jolie. Le voyageur commanda pour elle une robe de soie, du linge, un chapeau, des bottines ; Anna était enchantée de sa métamorphose. La petite marchande de bouquets avait des airs de dame. Son amant — un grand sot, en dehors des flanelles dont il vêtissait la province — lui plaisait avec son bagou tapageur et ses manières hautaines de traiter le client provincial. Il y avait en lui une odeur de Paris dont elle ne pouvait se défendre, une odeur de fêtes et de luxure qui troublait son esprit et éveillait son sexe de femme.

Son père et sa mère venaient d'être condamnés à la prison, pour vol, par le tribunal correctionnel de Limoges. Pour longtemps, Anna était seule au monde. Elle supplia son amant de la conduire à Paris : ils partirent.

La noce — une noce endiablée — dura deux jours ; le troisième, la Limousine se trouva sur le pavé de Paris, sans argent et sans protecteur. Elle se mit alors à courir la ville et voyant que d'autres filles parlaient aux passants, elle voulut les imiter. On l'arrêta dans la rue d'Amsterdam. Elle pleura si fort que l'agent de police eut pitié d'elle et la relâcha.

Mais à dater de cette soirée, la jeune fille devint pratique. En moins de trois années, elle eut des meubles à elle dans son appartement de la rue Clapeyron ; deux ans plus tard — grâce au patronage de Fonreau — elle devenait la maîtresse d'un vieux marquis ; le marquis était avare ; elle le quitta pour le général Bercoff.

Riche, presque célèbre, Anna avait conquis sa position à force de servilité ; et femme de tempérament, elle éprouvait des jouissances secrètes à asservir les maîtres d'autrefois. Elle en voulait surtout à cette aristocratie dédaigneuse et difficile qui l'avait traitée — disait-elle — comme on ne traite pas une négresse ; elle en voulait à ces nobles dames qui — les soirs d'Opéra — passaient devant elle avec des visages insulteurs... Elle, une artiste...

Elle était riche, enfin. Les journaux parlaient de ses fêtes : le salon de peinture accueillait ses envois, des œuvres médiocres qu'elle faisait retoucher par des peintres de sa connaissance. Eh bien ! malgré ce côté artistique dont elle se glorifiait, le monde ne lui pardonnait pas d'être née pauvre avec la nécessité d'être impudique pour faire fortune.

— Quand je serai *arrivée*, murmurait-elle, j'aurai pour laquais un prince...

Les dames galantes qui débutent dans la vie parisienne ont des *mamans* à 3 fr. 75 c. par jour : mademoiselle Anna avait pour laquais et pour *maman* un duc, en attendant mieux.

— Amène-moi quelque grand seigneur décavé, avait-elle dit à Fonreau... Je suis bonne fille, cela me distraira...

Le journaliste avait satisfait au désir de la Limousine, sans soupçonner les désirs de révolte, le besoin d'humilier les grands qui s'étaient emparés du cœur de la dame.

La belle Anna tenait enfin son homme. Pour raviver sa haine, elle s'en fut un soir, à pied, tout près de la gare Saint-Lazare, dans cette même rue d'Amsterdam où ses pareilles d'autrefois demandent au vice le pain de tous les jours... Le scandale était plus grand encore... C'étaient des fillettes de douze et quinze ans qui faisaient l'infernal commerce, comme à Londres, dans le quartier d'Haymarket... Anna fut prise d'un grand mépris pour cette capitale toujours impuissante à trouver le moyen d'épargner aux

autres les dégoûts et les hontes qu'elle-même
avait supportés...

Au coin de la rue de Milan, elle aperçut une
brunette en cheveux qui s'écarta pour la laisser
passer.

— Tiens, ma pauvre enfant, va dormir seule...
cela vaudra mieux, fit-elle en la forçant à accepter une poignée d'or.

La fille pleurait. Anna lui donna deux gros
baisers sur les joues.

— Fiche-moi à la porte tous les hommes...
Cet argent est pour toi... pour toi, toute seule...
Ah! dors bien, toute la nuit... Tu verras comme
c'est bon de dormir seule...

Puis, la dame revint à son hôtel, pendant que
la jeune fille étonnée et joyeuse s'acheminait
vers les hauteurs de Montmartre.

Les lampes étaient allumées dans le grand
salon de la Limousine. Le duc Frédéric, vêtu
d'un complet bleu, tout bleu, de la couleur
des tentures et des sièges de l'appartement,
attendait Anna.

L'homme avait l'air d'un meuble.

— Bonsoir, mon cher duc, vous trouvez-vous bien ici? demanda Anna, en le saluant ironiquement de la main.

La question était drôle; elle embarrassa Frédéric.

— Mais très bien... très bien, fit-il en caressant sa moustache.

— Ah! tant mieux... Il est minuit... Le général va venir... Voyons votre menu du souper...

Le gentilhomme eut un sourire béat :

— Je me suis donné congé aujourd'hui, ma chère, je pensais que votre maître-d'hôtel...

— Mon ami, il faut vous rendre utile...

Le duc devint très pâle :

— Je ne suis pas un domestique, madame...

Dans son trouble, Frédéric heurta une potiche de Sèvres qui se brisa sur le parquet.

— Maladroit!... cria la Limousine... Mais, ramassez donc les morceaux...

Il se baissa machinalement; et après avoir

réuni les débris de la porcelaine, il fit mine de se retirer.

— Où allez-vous donc? demanda Anna... Êtes-vous fou?... Vous savez bien que je suis une toquée... une bonne fille tout de même...

Anna s'était assise sur une causeuse, dans tout l'éclat de sa magnifique beauté. Elle s'était fait coiffer à la Récamier; ses cheveux noirs et brillants encadraient ses joues fraîches et roses; un camélia blanc complétait cette coiffure. Sa robe bleue, échancrée au corsage, laissait apercevoir sa blanche et ferme poitrine. Elle parut indifférente à la sombre colère de Frédéric et elle murmura avec des gestes câlins :

— Duc, pensez-vous que le général me trouve jolie ainsi?... Bercoff est très difficile... J'ai quelque chose de Judic dans *Lili*, n'est-ce pas?...

M. de Lormont baissait la tête :

— Mon petit duc, je vous ai fait de la peine... Je suis bête... Allons, vilain boudeur, venez m'embrasser...

12

Frédéric leva les yeux :

— Vous êtes féroce, madame...

Mais ce léger nuage fut bien vite dissipé. Anna retrouva son gracieux sourire. Son chien — un petit chien tout frisé — sauta sur ses genoux. La Limousine caressa le chien un moment, et puis, esquissant un demi-cercle avec ses mains :

— Frédéric, je m'ennuie... Dites-moi des choses aimables... Vous ne savez rien de nouveau?... Un gentilhomme devrait avoir un sac plein d'aventures pour distraire sa dame : ce sac rappellerait les bonbonnières des vieux marquis et des vieux ducs poudrés... Franchement, vous n'avez rien à me dire?... Alors, chantez-moi quelque chose?...

Le duc se mit au piano et commença le prélude d'une valse de Strauss. Anna l'interrompit :

— Non... pas cela... La chanson de *Fleurette*... la vieille romance si bête que chantait la duchesse, le jour de votre mariage...

Elle chanta :

> Écoute-moi bien, ma Fleurette,
> Le roi vient demain au château :
> Tout nous promet brillante fête,
> Et le cortége qui s'apprête,
> Par Notre-Dame, sera beau...

— A vous, Frédéric...

Et tous deux unissant leurs voix :

> Si le roi dit : Je vous adore;
> Je lui dirai : Je vous honore...
> Et mes yeux ne verront que toi;
> Et mes yeux ne verront que toi!...

— Sapristi, mon cher duc, reprit Anna, voici quinze jours que nous sommes ensemble et vous ne m'avez pas encore dit : « Je vous adore... »

Frédéric avait souri. Elle l'enveloppa d'un regard troublant; et comme il lui tendait ses bras qui tremblaient sous le désir, elle éclata de rire.

> *Et mes yeux ne verront que toi!...*

soupira-t-elle encore d'une voix pleine de sarcasme et de dédain.

On annonça le général. Bercoff, avec sa haute
stature et les longues moustaches effilées qui
lui ceinturaient le bas du visage, en imposait à
son monde. Anna vint à lui très empressée ; il la
repoussa presque brutalement et, répondant à
peine au salut du duc, il se promena dans le salon sans mot dire.

— C'est le moment de filer, murmura la Limousine à l'oreille de Frédéric... Avez-vous de
l'argent pour souper ?... Voici deux louis...

Le duc refusa et se dirigea vers la porte.

— Au revoir, général...

— Bonsoir, monsieur... Bonsoir...

Dès que Frédéric eut quitté l'hôtel, Anna s'approcha du Russe.

— Mon ami, tu as fait une sottise...

Bercoff haussa les épaules :

— Bébé, je ne demande pas mieux que de te
passer tes fantaisies, mais vraiment ce duc m'a-
gace... Fonreau était amusant, au moins...

— Crois-tu donc qu'il m'amuse le grand seigneur... J'étais contente de l'humilier un peu,

parce que lui et ses pareils m'ont assez humiliée. Je voudrais le reprendre pour le chasser
à ma manière...

— Tu ne l'aimes pas, alors?

Anna haussa les épaules.

— Je le méprise, voilà tout... Tiens, veux-tu
que je te donne une idée de nos gentilshommes
parisiens et que je te montre que, quand ils
tombent, ils tombent plus bas que les filles?

— Que vas-tu faire, bébé?

— Je vais écrire au duc de Lormont que le
général était de mauvaise humeur et que sa
colère est passée; je vais lui dire que nous l'attendons à dîner, demain soir, avec Fonreau et
toute la bande... Le duc oubliera tout; il sera
des nôtres...

— Un joli monsieur... Allons, écris, ce sera
drôle...

Le lendemain, le duc Frédéric avait repris sa
place à table; et le général plein de mépris disait:

— Le bonhomme cirera mes bottes, à l'occasion...

12.

## XIII

Au commencement d'octobre, Samuel Heymann revint à Paris. Pendant ses voyages à travers l'Europe, le jeune homme avait vainement
cherché à éloigner la vision de toutes les heures.
Plus que jamais, il aimait Marcelle. Il fallait que
cette femme se donnât à lui, non pas comme
une martyre et comme une suppliciée vivante,
mais comme une femme dont le cœur battrait
à son approche et qui ne resterait pas insensible
et glacée devant ses caresses brûlantes. Samuel
avait un remords : il se reprochait d'être inter-
venu dans la débâcle de Frédéric... Le duc condamné par la cour d'assises, le faussaire dispa-

raissait de Paris... La femme était seule...
Samuel devenait maître de la situation... La duchesse avait l'âme trop haute pour ne pas bannir
de sa vie un forçat...

Heymann se disait qu'il avait agi en écolier
en achetant cette femme, et que le seul moyen
pratique de conquérir l'épouse eût été de laisser
salir le mari. Alors, il serait venu en consolateur,
essayant de se faire pardonner son premier refus ;
au lieu d'agir en maître impérieux et brutal, il
aurait doucement plaidé sa cause... La honte
pesant sur la famille, l'isolement de Marcelle, les
soucis de la mère songeant au triste avenir de son
fils, son amour à lui, son amour et son désintéressement eussent rendu la tâche plus facile.

A la veuve humiliée, ruinée, chassée de partout, à la bourgeoise pleine de mépris pour le
forçat, à la mère se rattachant à la vie par le souvenir de son enfant, à la femme tellement isolée
que pas une main amie n'eût pressé la sienne,
il apparaissait comme un ami et comme un protecteur. L'amour naît parfois de la reconnais-

sance : la femme l'aurait aimé pour son courage
et pour sa bonté.

Aujourd'hui, il était trop tard.

Alors, Samuel, impuissant à vaincre son amour,
rêva de devenir l'époux de mademoiselle Jeannine, la cousine de la duchesse. Grâce à la parenté, il pénétrerait plus intimement dans l'existence de Marcelle. Si Marcelle se refusait à l'aimer,
il aurait au moins la consolation de vivre de sa
vie, d'avoir ses libres entrées chez elle, et peut-
être l'espoir de la vaincre, à force de temps et
de caresses.

Il apprit les relations de Frédéric et d'Anna
la Limousine.

— Décidément, se dit-il, mon homme s'ef-
fondre tout seul... Je n'ai pas besoin d'y mettre
la main... Encore quelques mois et le gentilhomme sera ramassé par la police dans un
bouge... Allons, c'est la lutte de la finance contre
l'aristocratie... L'aristocratie se suicide... Attendons la fin...

Heymann en était là de ses réflexions, quand

son valet de chambre lui remit une carte.

— Le duc... Très bien... Conduis monsieur au salon...

Le domestique se retirait. Samuel le rappela vivement :

— Moïse ?

— Monsieur...

— J'ai réfléchi... Fais entrer le duc dans mon cabinet...

Samuel n'avait pas songé tout d'abord que le portrait de la duchesse Marcelle occupait la place d'honneur dans son salon.

—Ah! mon cher Samuel, que je suis heureux de te voir... Quoi de neuf?... et ce voyage?...

— Tout s'est bien passé, aimable duc...

Les deux hommes se serrèrent la main.

Frédéric ayant aperçu une boîte de cigares se prépara à fumer.

— Tu permets?

— Comment donc...

— Moi, j'ai vécu un peu seul, pendant ton absence... Toute la smala était à Bareuil...

— La duchesse est de retour?...

— Oui... Je lui ai annoncé ton arrivée... Dînes-tu avec nous, ce soir?...

— Merci... non... pas ce soir.

— Toujours aussi sauvage?...

Samuel réprima un sourire.

— Mais, excellent Frédéric, tu as dû passer un été horrible à Paris...

— J'ai fait des connaissances...

— Ah!...

— Je te conterai tout cela...

— Anna... La belle Anna, n'est-ce pas?

— Comment?... Tu savais...

— J'ai vu Fonreau aux *Artistes-Réunis*. Un vrai type, ce général Bercoff...

— Un ours...

— Tu as eu à te plaindre de lui?...

— Ni à me plaindre... ni à me louer...

— Avoue... Le Russe t'a fait quelque chose?...

— Histoire de jalousie...

— Tu étais amoureux?

— Comme un fou...

— Tiens... Fonreau me disait...

— Fonreau est un imbécile...

— En somme, vous viviez bien chez mademoiselle Anna...

— Extraordinairement bien...

— Tu es engraissé...

— Oh!...

Le duc avait un peu rougi. Tout en fumant son cigare, il continua :

— Tout d'abord, j'avais des scrupules idiots... Manger à la table d'une femme, ceci me paraissait presque scandaleux ; mais, Anna la Limousine est une artiste... Elle a des bibelots magnifiques... Tu verras... Je te présenterai, dans quelques jours...

— Anna a donc quitté Paris?...

— Le général la condamne à passer une semaine à Nice, en sa compagnie. Fonreau et moi, nous dînons tout de même à l'hôtel, de temps à autre... La Limousine, une femme originale... beaucoup de talent... Très joli talent de peintre-amateur...

— Tu récites cela, comme un de tes curés son bréviaire...

— Surtout, Samuel, pas un mot...

— Sois sans crainte...

— Un homme marié?... Tu comprends...

— Je comprends...

Samuel Heymann devint grave.

— Frédéric...

— Mon ami?...

— J'ai besoin de toi et de tes conseils...

— Ah bah!...

— Oui, je vais te faire un aveu... Tu me vois souriant, riche à pouvoir remplir tes poches aussi facilement que tu les vides toi-même; tu me vois libre, en bonne santé, et tu te dis : Samuel est heureux... Coquin de Samuel, va... quel veinard !... Frédéric, je suis l'homme le plus malheureux de Paris...

— Allons donc... La bonne blague... Tu n'es pas malade... Tiens... tiens... tiens... serais-tu amoureux, mon bon?

— Je suis amoureux...

— Une femme mariée?... mes compliments...

Heymann eut un rictus amer. Sa tête blonde se renversa sur le dossier de son fauteuil.

A cette question, que Frédéric lui jetait brusquement à la face avec un sourire de paillard éhonté, faisant lui-même la réponse à sa demande, Heymann répondit :

— Pas du tout...

— Une actrice alors?

— Encore moins...

— Tu te ranges... Tu veux te marier... Jeannine?... J'ai deviné...

— Précisément... J'aime mademoiselle Jeannine Parcellier.

Le duc se leva plein d'enthousiasme.

— Mon cher Heymann, je suis un imbécile... J'aurais dû deviner tout de suite... Nous sommes amis, nous allons être des frères... C'est ma femme qui sera contente en apprenant la nouvelle... Je reviens rue Rochechouart...

— Un peu de calme, dit Samuel.

— Du calme?... et pourquoi faire?... Tu es accepté d'avance...

— En es-tu sûr?...

— Absolument sûr...

— Moi, j'ai des doutes... Mademoiselle Jeannine est catholique; je suis israélite... La duchesse a une grande influence sur l'esprit de mademoiselle Parcellier... Si la duchesse consentait à m'aider...

— Elle t'aidera... Veux-tu que je prévienne ma femme que tu désires avoir une entrevue avec elle au sujet de Jeannine?

— C'est cela...

— Ne te désole pas... le mariage marchera comme sur quatre roulettes...

Ce jour-là, vers trois heures, Samuel Heymann se présentait rue Rochechouart.

— Je suis un peu souffrante, avait dit Marcelle à son mari... M. Heymann aurait pu remettre sa visite à un autre jour...

— Il s'agit d'un mariage...

La bonne introduisit M. Heymann dans le salon.

— Je vous laisse, dit le duc... A tout à l'heure,
cousin... moi, je vais prendre un bock...

Ils restèrent un moment sans parler; Marcelle baissait la tête. Ce fut le jeune homme qui
rompit le silence :

— Madame, murmura-t-il d'une voix tremblante, je suis bien heureux... bien heureux de
vous revoir... j'ai été coupable envers vous... Me
pardonnerez-vous, un jour?...

La duchesse porta un regard si désolé sur
Heymann, que celui-ci eut peur de la voir défaillir.

— Monsieur, dit-elle, si vous aviez un peu de
cœur, vous m'eussiez épargné la honte de votre
présence... Je croyais que Dieu mettrait un
terme aux tortures que vous m'avez imposées...
Avec vous, monsieur, le seul moyen d'en finir,
c'est de me tuer... je suis prête...

— Mourir?... vous, mourir?... Oh ! non, vous
ne ferez pas cela...

Le ton de la voix de Samuel changea brusquement.

— Duchesse, une question?... Pensez-vous
réellement que j'épouse votre cousine par
amour?... Ce serait un affreux mensonge et vous
êtes la seule femme à laquelle je ne veuille pas
mentir... En devenant le mari de Jeannine, je
sauve les apparences et je reste votre amant... Je
vous évite ainsi l'ennui de venir chez moi... Que
dites-vous, madame, de mon projet?...

Marcelle se cacha le visage entre ses mains :

— Oh ! vous êtes bien infâme... Je vous hais...
Je vous hais... Vous me faites horreur...

Puis, dans un effort suprême, la jeune femme
se dressa :

— Ce mariage n'aura pas lieu, monsieur...
S'il le faut, je dirai tout... Je me tuerai ensuite...
Maintenant, retirez-vous... Allez-vous-en... Je
vous en supplie...

Heymann se croisa les bras et resta impassible.

— Vous êtes sans pitié pour une femme qui

pleure, je prie Dieu qu'il vous accable de sa ven-
geance...

— Insultez-moi... méprisez-moi. Je vous
aime, je vous aime... Vous n'avez, dites-vous,
que du dégoût pour moi?... Croyez-vous donc
que je ne me fasse pas horreur à moi-même?...
Vous ne savez pas tout ce que j'ai souffert en
essayant de vaincre la passion infernale qui est
en moi?... Vous ne m'avez pas vu, dans mes nuits
affolées, vous cherchant, vous criant partout?...
Je vous aime... Je vous veux... Si mon père
vivait et qu'il m'empêchât d'aller à vous, je tue-
rais mon père...

Il parlait, la gorge oppressée; une sueur glacée coulait de son front.

— Je suis sans pitié, dites-vous; et vous,
madame, avez-vous eu pitié de moi ? Le devoir...
Le devoir... Oh! je sais... Vous êtes une vaillante, une sacrifiée... Ce n'est pas un homme,
c'est un fou, un pauvre fou qui a été votre bourreau... Mon amour n'est pas un amour de roman; je suis cruel, parce que je suis malade,

malade par vous, malade à cause de vous... J'ai pris la plus sainte des épouses, la plus maternelle des mères, et cette femme que j'ai souillée, je la respecte comme je respectais ma mère... Est-ce ma faute à moi si je fais mal?... mais répondez-moi donc ?... Dites-moi que si je suis cruel, c'est parce que je suis faible... Ayez pitié de ce malheureux que les millions écrasent, dont Paris vante les joies et les plaisirs et qui s'enferme tout seul pour pleurer sa vie ?... Rien... Rien... que votre regard froid qui me désole... Oh ! c'est affreux...

Samuel s'avança près de la duchesse et il lui prit les mains.

Marcelle se recula, épouvantée.

— Sortez, monsieur, ou j'appelle...

— Osez-le donc, dit-il avec un ricanement plein d'angoisse...

M. Parcellier était ravi, à l'idée de ce mariage inespéré. Jeannine elle-même ne pouvait taire sa joie... Déjà, la jeune fille se voyait grande dame à Paris... Madame Samuel Heymann, ce nom sonnait plus haut que celui d'une princesse. Les Heymann tenaient toute la terre... Il y avait des Heymann à Paris, à Londres, à Berlin, à Vienne, à Pétersbourg. Ces banquiers colossaux prêtaient de l'argent aux empereurs; les Républiques devaient compter avec eux...

Le bourgeois de Bareuil faillit perdre la raison, le jour où Samuel, accompagné de Frédéric, vint lui demander la main de sa fille. Dans sa fierté de paysan, parvenu à l'aisance à force de travail et d'économie, l'homme du Nord s'écriait :

— Ce sera un mariage de rois...

Et comme le duc objectait plaisamment que Samuel appartenait à la religion israélite, le bonhomme se frottait les mains :

— Le curé de Bareuil convertira M. Heymann...

— Ah! père Parcellier, continuait le duc, vous pouvez vous vanter d'être né sous une douce étoile... Le beau-père de Samuel Heymann !...

Vous allez pouvoir faire la pluie et le beau temps... Vous conseillerez à votre gendre de reprendre la banque pour son compte... C'est si amusant... La hausse et la baisse à volonté... Une dépêche de Paris à Londres, de Londres à Berlin, à Vienne... V'lan !... Le tour est joué... Les Heymann sont honnêtes, sans quoi la République en verrait de grises... Papa, vous deviendrez un homme célèbre...

Tout ce verbiage enchantait M. Parcellier.

Le curé de Bareuil lui-même prenait des airs de triomphateur. Jeannine était venue au presbytère pour conter la nouvelle et le prêtre s'enorgueillissait à la pensée que M. Heymann pour l'amour de sa fiancée embrasserait la foi catholique. La chose paraissait à peu près décidée : M. Heymann devait recevoir le baptême le jour même de son mariage. Ce juif — le premier d'entre les juifs — donnait là un exemple admirable...

Le prêtre levait les bras au ciel :

— Son Éminence de Paris officiera elle-même...

Seul, l'oncle Louis Le Vasseur demeurait à l'écart :

— Ce mariage organisé par M. le duc, répondit-il à son vieil ami, ne me dit rien qui vaille... A ta place, Parcellier, je me méfierais... Tu connais à peine ton futur gendre...

M. Parcellier haussait les épaules ;

— Un Heymann mentir à sa parole ?... Y songes-tu ?... Le Vasseur, tes soupçons deviennent injurieux...

— L'aristocratie m'a appris à me défier de la finance...

— Vieille bête, va...

A ce moment, Samuel et Jeannine passaient devant les fenêtres de M. Le Vasseur. Les fiancés profitaient d'un beau jour d'hiver. Ils allaient, par les chemins du village, lui un peu rêveur, elle si rayonnante et si fière que la joie de la demoiselle éclairait leurs deux fronts et que les voisins murmuraient au passage :

— Comme ils sont heureux !... Quelle fortune pour Bareuil !...

13.

Le père de Jeannine ne voulant pas troubler leur causerie, leur fit un signe amical de la main :

— Hein ? Qu'en dis-tu, Saint-Thomas ? cria-t-il d'un air narquois, en frappant rudement sur l'épaule de son camarade.

— Pardonne-moi, Parcellier... Donne-moi ta main, ta main loyale, en signe d'oubli... Marcelle est si malheureuse avec l'ami de ton gendre, que ce que touche cet homme me paraît souillé et vil...

— Frédéric se range...

— Oui... il se range drôlement... On disait encore, l'autre soir, à Paris, que le misérable vit aux dépens d'une cocotte... un souteneur, quoi ?... La mère a honte, elle cache ses larmes et son désespoir à sa bru... Marcelle, Dieu merci, se refuse à croire que son seigneur soit tombé si bas... Et pourtant...

— Louis, tu exagères toujours... Du reste, après son mariage, Jeannine viendra en aide à sa cousine... Tu aideras un peu, toi aussi... Que

diable ! tu n'es pas un tigre !... Ta nièce a bien
assez pleuré...

— Non... non... c'est fini... bien fini... Je ne
veux pas me ruiner pour ce duc... Marcelle
n'aura pas un sou de moi tant qu'elle sera impuissante à chasser cet homme de sa maison...

Avec un raffinement sans pareil, Samuel
pénétrait peu à peu dans l'existence passée de
la femme qu'il adorait. Jeannine se faisait son
complice inconscient.

— Alors madame Marcelle ne lisait jamais de
romans, mademoiselle ?

— Non, monsieur, jamais...

— Personne ne lui avait fait la cour avant le
duc...

— Oh ! si... mais le duc était si amoureux...

— Elle devait être si jolie...

— Oui, monsieur Samuel... Marcelle était bien
jolie, avec ses grands yeux et ses blonds cheveux...

— Est-ce que vous ne la trouvez pas plus belle
aujourd'hui ?... On dirait une reine... Et ses

yeux noirs, n'est-ce pas? ils font plus de lumière
encore que les diamants qu'elle portait aux bals
du faubourg Saint-Germain...

Mais craignant d'être allé trop loin, le jeune
homme reprenait :

— Si je vous parle ainsi, mademoiselle, c'est
que je retrouve en vous toutes les grâces de
votre cousine... La duchesse est presque une
vieille femme maintenant...

— Vieille?... monsieur, vous plaisantez...
Marcelle a, à peine, vingt-cinq ans...

— Mais, vous n'en avez que vingt, mademoiselle...

— La duchesse a beaucoup souffert...

Heymann voulait tout savoir, comment Marcelle
s'était élevée chez ses parents, ce qu'elle aimait et
détestait étant petite fille, les robes qu'elle mettait, les romances qu'elle chantait, les jouets
qu'elle préférait. Il revivait la vie de sa maîtresse pour se persuader à lui-même qu'elle lui
avait appartenu depuis plus longtemps.

Et ainsi faisant, Samuel se créait une exis-

tence à lui dans l'existence même de Marcelle. Il
se complaisait à croire qu'il avait été le compagnon des jeux de la fillette, le témoin et l'acteur
de ces mille riens qui désolent et réjouissent
l'enfance. Dans cette évocation troublante du
passé, l'amant avait des joies subites qu'il dissi-
mulait à la demoiselle.

Jeannine disait :

— Oh! tenez, monsieur Samuel, vous me
remettez en mémoire une aventure... j'étais
toute petite, mais je me rappelle tout ce qui
s'est passé... Nous avons eu peur d'abord, et
puis nous avons ri de tout notre cœur... Un
jour, Marcelle... je ne vous ennuie pas, monsieur ?...

— Non... non... parlez... parlez...

— Marcelle s'était baignée dans la fontaine
que vous voyez là-bas... Un méchant gamin de
Bareuil lui vola sa robe... sa chemise même...
Ma cousine criait tant qu'elle pouvait... Nous
accourûmes... La maison de l'oncle Julien était
trop éloignée pour que l'on eût le temps d'aller

chercher une nouvelle robe à la pauvrette... Mes robes à moi étaient trop petites... Marcelle refusa les vêtements des fermières...

— Alors?...

— Alors, on entoura Marcelle d'un grand drap de lit... on la ramena à la maison dans une charrette à bœufs abritée par des branches vertes... Je piquai des roses dans la chevelure de ma cousine... Le fermier marchait devant ses bêtes, l'aiguillon à la main : les femmes du village formaient l'escorte... Marcelle, couchée dans la charrette pavoisée de verdure, riait de se voir ainsi transformée en déesse... Avec le drap, elle paraissait deux fois plus grande... et jolie... On eût dit une statue de marbre... ou un revenant... Mais j'ai tort, monsieur, de vous conter de pareilles histoires... Que dirait la duchesse, si elle savait que je me suis permis... Je suis honteuse...

Les sens d'Heymann s'étaient apaisés; son imagination n'en fut que plus douloureusement ébranlée. Il allait même, l'insensé, jusqu'à in-

venter pour s'en repaître, des souillures dans
l'adolescence de la femme aimée. La voyant im-
maculée, le mari indigne ne lui apparaissait que
comme un comparse... Le mari n'existait plus.
Seul, il était seul à avoir compris tous les
charmes, toutes les séductions de cette âme sans
tache, de ce corps aux formes admirables dont
il essayait encore d'approfondir le mystère.

Exalté comme un martyr — ce descendant
d'une race si maîtresse d'elle-même qui, pendant
deux siècles, s'était domptée au point de courber
ses passions et de façonner ses désirs à la volonté
impérieuse qui lui commandait de ne pas sortir
d'un cercle délimité d'avance, — ce descendant
souffrait de tous les amours et de toutes les
haines.

Eux, les ancêtres, ils étaient restés armés
contre les dangers et les séductions du monde.
Les femmes étrangères avaient été belles, extraordinairement belles ; les prétendants étrangers avaient été princes de sang royal... La tribu
était restée close.

Jusqu'au jour du mariage de lord Ratersy avec la fille aînée de M. Heymann de Londres, la famille était demeurée fidèle à sa croyance, grandissante et conquérante.

Pendant que les autres descendances frappées par les hérédités fatales s'effondraient sous les coups du sort, seule, la race des Juifs millionnaires que le monde entier bénit à cause de sa charité, restait debout, bravant la nature et ses maléfices. Et voilà que, brusquement, la forteresse était entamée et que, pour la seconde fois, un Heymann se révoltait contre la loi de famille.

Répondant à une lettre menaçante de son grand-oncle de Berlin, Samuel avait écrit :

« Je n'épouserai pas ma cousine de Londres... J'aime et je désire épouser une autre femme... Je ne me sens pas la force d'obéir à la loi qui nous défend d'aimer et de nous unir en dehors de notre parenté... »

Oui, tous les fruits d'une sélection si longue et si féconde tombaient en poussière. Le Juif —

victime des conditions sociales nouvelles — devenait un homme comme les autres hommes. La physiologie irritée semblait prendre une revanche terrible en anéantissant l'esprit de volonté que la ligne ancestrale avait transmis si fort et si vivace.

Samuel Heymann était prêt à épouser Jeannine, pour faciliter ses relations criminelles avec la duchesse. Il se voyait encore jouissant en paix de son bonheur. Peu lui importait de briser cette jeune fille — poupée insignifiante — qui servirait de masque à l'adultère ignoré de tous...

Et pourtant, il essaya de lutter encore : il voulut dompter ses sens. De retour à Paris, il s'enferma dans son hôtel, n'en sortant qu'à nuit close pour aller courir les tripots et les restaurants des boulevards. Il se fit ivrogne, lui qui ne buvait jamais; il eut des maîtresses dans le monde des théâtres, lui qui méprisait les amours faciles; il devint joueur, lui qui abhorrait le jeu. Femmes, vin et jeu s'en allèrent en fumée...

Ces folies durèrent une semaine.

L'homme était vaincu, impuissant, désarmé.
Dans ses nuits troublées — au milieu des chefs-
d'œuvre, de son luxe artistique, de ces mille
objets précieux, des souvenirs de famille et d'enfance, Samuel cherchait Marcelle : il la voyait
partout et toujours.

Elle venait à lui, souriante et parée : le personnage fictif prenait mouvement et vie... La
chair affolée de désirs, lasse de tant d'horreur
et de souffrance, gémissait... Et c'est en vain,
que, comme Jacques Clément à l'apparition de
Marie de Lorraine, Samuel criait : « O mon Dieu,
éloignez de moi cette vision !...»

Le duc le vit ainsi; et comme il fallait bien
expliquer l'altération de cette voix naguère si
douce et le masque tourmenté de ce visage, Samuel parla de ses parents qui faisaient tout au
monde pour retarder son mariage.

— J'envoie promener la famille, conclut-il
énergiquement.

Les Lormont dînaient souvent à Bareuil, chez
M. Parcellier, en compagnie de Samuel Heymann.

Un soir, Samuel et Marcelle se trouvèrent seuls dans le salon. Déjà, l'amant menaçait la femme du regard. La duchesse appela :

— Jeannine... Jeannine !...

Mademoiselle Parcellier causait dans la salle à manger avec Frédéric qui la complimentait sur sa jolie toilette. Elle accourut. Son visage s'était empourpré ; elle mettait la main sur son cœur pour en comprimer les battements.

— Oh ! Marcelle, tu m'as fait peur... J'ai cru que tu te trouvais mal... Pourquoi as-tu crié si fort ?...

Puis, les voyant tous deux très calmes, la jeune fille ajouta, avec un gracieux sourire :

— Vous êtes des méchants qui avez voulu m'effrayer...


A quelques jours de là, Anna la Limousine eut une idée folle.

Le duc, oublieux des mépris, déjeunait en tête-à-tête chez sa dame.

On servait le café.

— Mon petit duc, fit-elle vivement, tu m'as promis de me montrer ton appartement... Je veux profiter de l'absence de ta femme... J'irai aujourd'hui rue Rochechouart... C'est dit, n'est-ce pas?...

Frédéric eut beau donner toutes sortes de raisons, sa crainte d'être surpris, le peu de curiosité qu'offrait la maison pauvre, Anna tenait à son idée.

— Passe devant, mon petit duc... A trois heures, je sonne à ta porte... J'attendrai dans la rue; de ta fenêtre, tu me feras signe quand je pourrai monter...

Depuis un moment, ils étaient là, tous deux, dans la chambre même de Marcelie. Anna, en grande toilette de velours rouge chamarrée de dentelles avec un chapeau à plumes, s'était nonchalamment assise sur un fauteuil; Frédéric fumait une cigarette.

— C'est bien laid chez toi, murmura la dame en bâillant... Fichtre!... que c'est laid!...

— Frédéric, dit-elle, que penses-tu de cette

phrase que les cléricaux lancent à tous les vents :
« Le Christ n'avait pas une pierre où reposer sa
tête... »

— Je ne comprends pas...

— Tu ne comprends pas... Eh bien ! cher
ami, il y a des milliers de femmes à Paris, de
filles, comme tu dis, qui ne sont pas plus heu-
reuses que Jésus-Christ... En dehors du poste de
police, ces filles-là n'ont pas un lit où reposer
leur corps, si la fantaisie ou le dégoût les pousse
à dormir seules, ne fût-ce qu'une nuit... J'ai été
une de ces filles ; et parfois, vois-tu, il me monte
des bouffées de haine dont je ne me sens pas
capable de me défendre...

Le duc allait répondre, quand le bruit de la
porte qui s'entr'ouvrait le fit tressaillir.

— Ma femme... oh ! je suis perdu...

La duchesse était debout devant eux.

— Sortez, malheureuse !... sortez ! bégaya
Marcelle affolée.

— Je reste, répliqua froidement la fille.

La tête insolente, le geste cynique, Anna ajouta :

— Madame, ma visite vous étonne peut-être...
Votre surprise ne durera pas... Je suis venue
pour voir où passe mon argent... J'entretiens le
ménage d'une duchesse; et c'est bien le moins,
quand on paie...

— Ah ! c'est vous, madame, qui...

— Oui, c'est moi... la Limousine...

Frédéric tout pâle intervint mollement.

Anna parlait encore. Mais le regard de la
femme qui se planta sur elle, la fit brusquement
défaillir. Un flot de larmes jaillit de ses yeux :
elle fut sur le point de se mettre à genoux.

— Pardon... madame... Je vais me retirer...
Oh ! pauvre femme, vous êtes bien malheureuse... soupira-t-elle, la voix étranglée.

Puis, le regard irrité, la bouche tordue sous
l'insulte, elle passa devant l'homme :

— Lâche qui ne m'a pas chassée !

Et comme il ne répondait pas, elle brandit
son ombrelle et l'en souffleta.

# XIV

« Bareuil-sur-Oise, 15 novembre 1882,

« Je suis heureuse, ma chère cousine, de pouvoir m'épancher dans un cœur ami... Hier encore, mon fiancé est venu à la maison ; et, comme toujours, nous nous sommes longuement entretenus de toi. M. Samuel te respecte et te vénère... Il trouve des paroles de flamme pour vanter ton dévouement et ton abnégation... Vraiment, c'est à en être jalouse... Jalouse de toi ?... Je veux rire... N'es-tu pas la sœur, la grande sœur qui naguère remplaçait auprès de moi la maman que j'ai perdue ?... Oui, toi, si grande

et si courageuse dans l'infortune, je te regarde
et je t'admire... En entrant dans la vie, je m'ef-
forcerai de t'imiter...

» Marcelle, je comprends tous tes scrupules
et je remercie l'ange gardien qui, l'autre jour,
me disait : Le mariage est chose grave... Oh ! je
connais le sentiment qui dictait tes paroles...
M. Samuel est votre bienfaiteur, le sauveur de
Frédéric ; et, bien que tu sois la plus reconnaissante des femmes, tu faisais en sorte d'oublier
le service rendu pour ne voir que l'avenir de ta
petite cousine...

» Je lisais ceci dans tes yeux : « L'aimes-tu ? »
Et puis encore ceci : « Es-tu sûre d'être aimée ? »

» Sois sans crainte, ma bonne Marcelle, j'aime
et je suis aimée... Déjà, je me sens tout entière
à Samuel... Depuis le jour où j'ai tremblé sous
son regard, j'ai compris que Samuel était le
seul homme que je puisse aimer...

» Et vois-tu, ce n'est point là un caprice de
pensionnaire... Cet amour qui m'a prise tout
d'un coup, je ne l'ai pas raisonné... Il m'a sem-

blé que tout mon être s'ouvrait à une joie qui descendait du ciel... M. Heymann me jure qu'il m'aime : Je n'ai pas besoin de serments... Si tu savais comme sa voix est douce et troublante... M. Heymann est bon ; il est généreux... Ce matin, nous nous promenions sur la route de Beauvais : une vieille femme est venue à passer qui tendait vers nous des mains suppliantes: mon fiancé m'a donné cent francs pour elle... La mendiante n'en revenait pas ; et tout le long du chemin, nous avons été suivis d'un hosannah de louanges et de bénédictions...

» Samuel vient de partir pour Paris... Du haut de ma fenêtre, je le regarde encore... Il s'achemine vers la gare... Il me semble que mon âme m'abandonne et marche avec lui...

» Mais, que dis-je? Si mon rêve allait disparaître... Oh! non, ce serait trop cruel... Je n'y survivrais pas... Je suis folle... Je donne des caresses à l'air qui passe... J'ai la joie au cœur... Mes lèvres te couvrent de baisers...

« JEANNINE. »

14

Marcelle connaissait Heymann et elle le savait capable de mettre à exécution son terrible projet. Voir sa Jeannine bien-aimée aux mains de cet homme qui continuerait à être son amant : ceci était impossible. Alors que faire ? Mourir ? Laisser son enfant sans protecteur ou jouer encore le rôle qui lui avait été imposé ?...

Mademoiselle Parcellier entrait dans la chambre de la duchesse. Elle venait toute joyeuse, parlant de son prochain mariage, quand d'un geste, Marcelle l'arrêta :

— Jeannine, fit-elle d'une voix hésitante, tu m'aimes bien, n'est-ce pas ?... Je ne t'ai jamais trompée... Il faut que je te parle... Jeannine, tu ne peux épouser M. Heymann...

La jeune fille recula, effrayée :

— Que dis-tu, Marcelle ?... Mais mon mariage avec M. Samuel est chose décidée... Mais, j'aime Samuel... Il m'aime... Oh ! c'est mal à toi de me faire des frayeurs pareilles...

— Pauvre Jeannine... ma pauvre Jeannine...

Mademoiselle Parcellier était redevenue très calme :

— Je parie que Frédéric est caché par là et que, tous deux, vous avez comploté de me faire subir une épreuve... J'ai deviné... Marcelle, j'ai deviné...

Et marchant dans la chambre, Jeannine regardait dans tous les coins :

— Cousin, je brûle... je brûle... vous êtes là ?

— Tais-toi, dit Marcelle impatientée...

— Comme tu me parles ?...

La duchesse ajouta plus doucement :

— Viens, ma Jeannine : écoute-moi...

— C'est donc sérieux ? demanda mademoiselle Parcellier, toute tremblante.

— Très sérieux... Ce mariage est impossible, parce que ce mariage ferait ton malheur...

— Mon malheur ?... Mais c'est à en perdre la raison... Tu me diras bien, au moins... J'ai le droit de savoir...

— Je ne puis rien dire... rien...

— Ah! vraiment, je ne comprends plus, interrompit mademoiselle Parcellier... C'est toi, toi, Marcelle, qui viens me jeter à la face que je ne puis devenir la femme de celui qui vous a sauvés...

— Malheureuse... Oh! malheureuse...

La voix de la jeune fille prit un ton railleur.

— Et tu as pensé que, sur ta simple recommandation, je deviendrais parjure?

— Parjure?...

— La femme n'est-elle pas parjure qui, ayant donné son amour à un homme, insulte cet homme en lui retirant son amour, sans raison?...

— Ah! je vois bien, dit Marcelle, que je serai impuissante à conjurer les malheurs qui nous menacent... Je saurai mourir...

— Voici maintenant que tu parles de te tuer : Je me demande où tu veux en venir?... Voyons, que signifie ta nouvelle attitude?...

Marcelle gardait le silence.

Alors Jeannine se leva menaçante :

— Mais, parle donc, Marcelle... M. Heymann a-t-il commis un crime?... M. Heymann est-il indigne d'épouser une honnête jeune fille?... Avec tes restrictions, toutes les hypothèses sont possibles... Marcelle, veux-tu que je te dise, moi?... C'est ma situation future qui te rend jalouse... Il ne te plaît pas, madame la duchesse, que je devienne madame Samuel Heymann : tu vois déjà mes toilettes et mes voitures...

— Jalouse?... O mon Dieu!...

— Oui, jalouse... jalouse...

Jeannine avait pris son chapeau et elle mettait ses gants.

— Viens m'embrasser, murmura Marcelle.

— Non... Tu ne le mérites pas...

— Jeannine?

— J'ai dit : non, et ce sera : non...

Le duc entrait dans la chambre de sa femme ; Jeannine était prête à sortir :

— Vous nous quittez, madame Samuel?

— Frédéric, si je deviens madame Samuel, ce sera malgré votre femme...

14.

— Comment cela ?

— La duchesse de Lormont prétend que ce mariage est impossible...

Frédéric, furieux, se tourna vers sa femme :

— Ah ! Marcelle, décidément vous jouez un vilain rôle... Depuis quelques jours, vous paraissiez vous être rangée à l'idée de cette union ; et voilà que tout brusquement, vous portez le trouble dans le cœur de cette pauvre Jeannine... Où donc avez-vous l'esprit ?... Madame, je vous le demande, à quoi pensez-vous ?...

Madame de Lormont venait de recevoir la lettre suivante :

« Barcuil-sur-Oise, 22 novembre 1882.

» Chère Marcelle,

» Hier, j'ai été folle... Pardon... j'ai passé la nuit au milieu des déchirements les plus cruels... Jamais pareilles agitations ne sont venues assaillir mon cœur : je flotte entre des passions contraires... Oh! il faut que le secret que tu gardes soit bien terrible pour que tu n'aies pas hésité à prendre mon âme et à la briser... Comme tu me regardais et comme ta voix était tremblante en prononçant ces mots : Tu ne peux épouser M. Heymann... Il est des secrets qui doivent mourir avec nous...

» Je t'en supplie, Marcelle, éclaire-moi. La vérité sera encore moins cruelle que l'incertitude... Quel forfait a donc pu commettre M. Samuel? De quelle infamie s'est-il rendu coupable, infamie si grande que l'on ne peut même la conter à voix basse?...

» Ma sœur, j'aime Samuel; je l'aime... Si dans cette vie que je croyais honorable, il y a une tache, alors, qu'on me rende juge... Non, ce ne peut être cela... Y aurait-il dans sa famille quelque affreuse hérédité?... Mais il y a des fous et des malades partout; les fils de malades et les fils de fous ne sont pas toujours fous et malades eux-mêmes. Les Heymann, au contraire,

bravent les infirmités humaines; tous le disent à
Paris... Quoi donc alors? Ah! prends pitié de
l'accablement où tu m'as réduite; supplée à
mon courage abattu... Pense pour celle qui ne
pense plus que par toi. Quoi?... J'aurais entrevu
le bonheur; je pourrais être une épouse chrétienne et mes jours seraient déjà couverts de
douleur et d'opprobre... Je ne suis pas méchante
et je n'ai pas mérité de tant souffrir...

» Samuel n'est-il pas libre?... Ne le suis-je
pas? Ne mérite-t-il pas toute mon estime?...
N'ai-je pas toute la sienne?... En vérité, est-il
possible que cet homme si affectueux, au cœur
si largement ouvert, soit indigne de moi?... Car
enfin, Marcelle, tu me donnes le droit de tout
supposer... Que veux-tu que je devienne, au milieu de ces incertitudes?...

» O mon Dieu! que d'horreurs m'environnent;
que de tourments déchirent ta malheureuse
amie!...

» Mon père ne sait rien encore; ce matin, il
me faisait entrevoir mon bonheur futur et je l'é-

coutais, le cœur serré... Se peut-il que d'un
seul mot, ton amitié pour moi brise ma vie?...

» Et lui, lui, quand il va revenir, quand il va
me regarder avec ses yeux pleins d'amour, que
pourrai-je répondre? Oserai-je lui dire, face à
face : monsieur, je vous ai menti, je ne vous
aime pas... Et si je le vois succombant sous la
douleur, aurai-je la force de me taire?... Mon
devoir ne sera-t-il pas d'ajouter : On vous ac-
cuse... disculpez-vous?... Et s'il étale devant
moi toute une existence d'honneur; s'il me dé-
montre clairement qu'il a été injustement soup-
çonné? Alors, c'est lui qui dédaignera la jeune
fille peu croyante, la jeune fille instruite trop
tôt des choses de la vie...

» C'est dans la chambre bleue où est morte
ma mère, que je me suis réfugiée pour t'écrire...
Il m'a semblé que dans cet asile vénéré où plane
l'âme de celle qui n'est plus et que je pleure, je
trouverais la force de te dire mes angoisses...
Marcelle, j'aime l'homme auquel tu me défends
de songer désormais; je l'aime... Mes mains ont

tremblé dans les siennes, il m'a donné le chaste baiser d'un fiancé. Dis, grande sœur, si je le vois demain s'en aller de cette maison, brisé, éperdu, ne pouvant comprendre, où trouverai-je la force de garder le silence...

» Mais alors, si je suis seule, sans défense, livrée à cet amour irrésistible qui est dans mon être, qui me protégera?...

» Oh! non, non, Marcelle... Tu n'es pas méchante; tu ne veux pas me faire mourir?...

» Toi, la vaillante et la courageuse, inspire-moi le secret de ta force. Je vais prier Dieu pour qu'il prenne en pitié ma faiblesse... Réfléchis encore. Ne me dis pas comme à une damnée : Laisse-là toute espérance...

» Crois-moi, mon amour est assez grand pour effacer le péché qui souille celui que j'aime, si grand que puisse être ce péché. Je pardonne...

» Un mot de toi va dissiper cet affreux nuage...

» Je t'embrasse,

» TA JEANNINE ».

## XV

C'est en vain que Samuel Heymann fit parve-
nir des lettres pressantes à Marcelle; c'est en
vain qu'il la menaça de dénoncer son mari au
parquet de la Seine comme faussaire : la duchesse
de Lormont ne retourna pas à l'hôtel de l'avenue
de Villiers.

Anéantie, brisée, la jeune femme attendait,
prête à tout.

Ce matin-là, le duc était sorti de très bonne
heure pour se rendre — disait-il, — chez un
député influent de l'Oise qui se faisait fort de lui
trouver une position convenable.

Il était à peine neuf heures et Marcelle mettait

de l'ordre dans sa chambre à coucher. Antoine reposait encore dans son petit lit.

Un coup de sonnette retentit; et tout aussitôt, de l'antichambre, on entendit un bruit de voix.

— Monsieur le duc est sorti, faisait la bonne.

— Je viens précisément de la part de M. de Lormont... affaire très urgente... il est nécessaire que je parle à madame la duchesse...

La bonne vint frapper à la porte de la chambre de Marcelle.

— Madame, c'est monsieur Heymann... Monsieur Samuel Heymann...

— Je ne puis recevoir...

— Dites que je viens de la part de monsieur Frédéric, fit à mi-voix Samuel qui avait suivi la bonne jusque dans le salon précédant la chambre à coucher... affaire urgente... très urgente...

Que faire?... Devant la servante, Marcelle ne pouvait s'empêcher de répondre :

— Priez M. Heymann de m'attendre dans le salon...

A l'arrivée de la dame, Samuel s'inclina. Il

était pâle, très calme. La porte étant restée entr'ouverte, il la ferma lui-même et donna un tour de clef.

— Que faites-vous, monsieur?

— Pardon, madame, d'agir ici en maître... Pardon...

— Monsieur, veuillez ouvrir cette porte...

— Excusez-moi, madame; mais je tiens essentiellement à ce que personne ne nous dérange.

— Je vais appeler...

— Faites... Et dans deux minutes, tout votre monde vous connaîtra... Madame la duchesse de Lormont, j'ai eu l'honneur de vous écrire et vous ne m'avez pas fait l'honneur de me répondre... Je ne vous dirai ni ma rage ni mon désespoir; vous en ririez encore... Je suis venu tout simplement vous informer qu'aujourd'hui même votre mari le duc sera déféré aux tendresses de M. le procureur de la République...

— C'est bien, monsieur... Vous pouvez vous retirer maintenant...

15

— Vous me chassez ?

— Je ne vous chasse pas ; je vous prie de sortir, monsieur ; et je vous rappelle que c'est une femme qui vous parle...

— Je refuse, madame.

— Vous me permettrez bien, au moins, de revenir auprès de mon enfant ?

— Non.

— Enfin, que me voulez-vous, monsieur ?

— Je veux vous regarder, longtemps, longtemps...

— Mon mari va rentrer, monsieur.

— Je l'attends.

— Oh ! vous êtes fou...

— Peut-être... mais fou d'amour et de haine ; et ceci ne se guérit pas...

Samuel prit la jeune femme entre ses bras ; Marcelle poussa un cri déchirant.

Un pas retentissait dans le couloir.

Le petit Antoine apparut, effrayé, sur le seuil de la chambre :

— On tue maman... on tue maman...

Déjà, une main secouait violemment le loquet de la porte.

— La porte est fermée, disait la bonne très pâle... Monsieur, je me suis trompée... M. Heymann est reparti... Madame est dans sa chambre...

— Taisez-vous... Ouvrez ! cria le duc.

Il n'y eut pas de réponse.

— Marcelle ! Marcelle !... répéta M. de Lormont.

Antoine avait ouvert la porte de la chambre, n'osant avancer.

Frédéric chancelait.

— Allez-vous-en, dit-t-il à la domestique... Je vous défends de rester là... Ouvrez ! Mais, ouvrez donc !...

Samuel retourna la clef dans la serrure ; et, s'étant reculé de quelques pas, il resta là, les bras croisés, le regard fixe.

La duchesse s'était jetée à genoux, pendant que le petit Antoine, à demi-vêtu, se pendait craintif à la robe de sa mère.

Le duc Frédéric entra dans le salon ; et redressant sa taille, jamais il ne parut si grand.

— Laisse-nous, dit-il à son fils... allons, va t'en...

Et comme l'enfant hésitait ; il le prit par les épaules et le poussa dans le couloir, puis ayant décroché un pistolet de sa panoplie, il marcha droit sur Marcelle.

La jeune femme se leva et resta debout devant la mort.

— Monsieur est votre amant ?

— Oui.

— Meurs, infâme...

Le coup partit ; mais la main robuste d'Heymann, qui s'était appesantie sur le bras de Frédéric, fit dévier la balle.

Une lutte s'engageait entre les deux hommes.

— Frédéric, Frédéric, écoute-moi, disait la duchesse tout en pleurs en se jetant autour du corps de son mari.

— Je n'ai rien à entendre... Je vais écraser cet homme... Je vais t'écraser ensuite...

— Je ne me défendrai point, répondit Heymann, je pensais qu'un gentilhomme avait

d'autres moyens de venger son honneur... L'a-
mant de la Limousine est-il donc tombé si bas?...

Devant cette insulte, les bras du gentilhomme
demeurèrent sans force.

Alors, Marcelle prit parole :

— Monsieur, dit-elle à son mari, je jure devant Dieu que je n'ai jamais aimé cet homme...
La duchesse de Lormont s'est vendue pour vous
sauver... Elle s'est vendue pour que son enfant
ne fût pas le fils d'un forçat... Soyez juge!

— C'est vrai, conclut froidement Heymann.

Le duc vit partir Samuel qui disait :

— Je suis à vos ordres, monsieur, et sous le
prétexte qu'il vous plaira de choisir...

Il vit sa mère, sa vieille mère, défaillante entre
les bras de la domestique; il entendit les voix
qui montaient de l'escalier empli du brouhaha
des locataires, et il se cacha le visage entre ses
mains pour ne plus voir, pour ne plus entendre.

Le lendemain, les journaux de Paris publiaient
dans les échos — et seulement sous les initiales
des intéressés — qu'à la suite d'une discussion

survenue au *Café de la Paix*, une rencontre
était imminente entre deux hommes du meilleur monde.

— Vous ne pouvez tuer cet homme qu'après
l'avoir payé, avait dit Marcelle à son mari.

Et tout aussitôt, la duchesse partit pour Bareuil, d'où elle ramena l'oncle Louis et M. Parcellier.

M. Le Vasseur était atterré par l'horrible nouvelle. Le tempérament si rude du bourgeois
s'abîma enfin dans un élan de tendresse admi-
rative. Au récit de tant de douleurs, il sentit son
âme se briser :

— Tu es une sainte... une martyre... Ah !
ma pauvre fille... murmurait-il, tout le long du
chemin.

Et M. Parcellier répétait, chapeau bas :

— Une sainte... une martyre...

On fit le compte de toutes les sommes dues à
M. Samuel Heymann; on calcula les intérêts et
l'on paya.

Libre enfin, le duc de Lormont constitua

comme ses témoins MM. Parcellier et Le Vasseur qui s'abouchèrent avec deux officiers de la garnison de Paris.

La rencontre devait avoir lieu à Mons. L'arme choisie était le pistolet : on se battait à vingt pas et au commandement. Il serait échangé trois balles, de part et d'autre, M. Heymann ayant accepté toutes les conditions de Frédéric de Lormont, reconnu l'offensé.

Quelques heures avant le départ, le duc dit à Marcelle :

— Madame, nous devons déjà beaucoup d'argent à ces messieurs : nous ne pouvons leur emprunter encore... J'ai donc pris la liberté de vendre un objet de famille — un objet sacré — auquel nous tenions plus qu'à tout le reste.

— Le crucifix ? dit-elle vivement.

— Oui, le crucifix... Croyez, madame, que cette détermination m'est bien pénible...

Cette scène avait lieu dans la chambre de Marcelle. La duchesse leva ses yeux sur le Christ :

— Il m'a souvent consolé dans mes angoisses...

Ne pourriez-vous remettre cette vente à quelques jours... Je ne voudrais pas...

— Pourquoi cela?

— Frédéric, fit la duchesse tout émue, il ne faut pas vendre le Christ; cela vous porterait malheur...

— Il le faut, madame.

La bonne venait d'introduire le marchand d'antiquités attendu par le duc.

Marcelle se retira.

Pendant ce temps, le marchand aidé du gentilhomme décrocha la croix. A eux deux, ils la posèrent sur le prie-Dieu.

— J'ai dit deux mille, faisait le marchand.

— Monsieur, je ne veux pas éterniser un pareil marché... Il m'en coûte assez de me défaire de ce souvenir de famille...

— Alors, rien de fait, monsieur le duc...

La duchesse accourait :

— Frédéric, le Christ ne sortira pas de la maison... L'oncle Louis le garde...

Le marchand se retira en grommelant.

Le soir, ces messieurs étant partis pour Mons, la duchesse coucha elle-même son enfant, et ayant donné ses ordres à la domestique installée dans la chambre de la douairière alitée depuis la veille, elle revint dans sa chambre.

Là, vêtue de noir, elle s'agenouilla auprès du crucifix et elle resta de longues heures en prières. Une veilleuse brûlait sur la table de nuit. Dans cette demi-obscurité, la femme adultère disait au Dieu de miséricorde :

« O Christ !

» Des mains impies se sont posées en maîtresses sur mes mains tremblantes et encore fidèles ; des lèvres odieuses se sont appesanties sur ma bouche non souillée... Je t'en prends à témoin, o Christ ! Lorsque mon corps est devenu la proie de l'amant et que nulle puissance ne m'a préservée de cette torture, j'ai souffert comme tu as souffert dans le chemin de ta Passion, quand on t'insultait au passage... Aie pitié de ton humble servante : elle a pleuré des larmes de sang... Aie pitié... Le dernier soupir que tu

15.

exhalas au Golgotha, c'est le cri d'angoisse et de terreur que j'ai étouffé dans mon âme... »

Et elle continua ainsi ses évocations troublantes... Ses genoux s'étaient comme fixés sur le parquet... Elle priait tout haut maintenant, et peu à peu le sentiment du réel se perdait en elle... Ce n'étaient plus que des paroles entrecoupées par de gros sanglots... Elle ne parla plus : elle resta en extase devant l'image...

Mais à un moment et sans qu'elle y prît garde, son corps fut entraîné en avant et sa bouche effleura les lèvres de l'Homme-Dieu... L'hallucination la saisit... Ces yeux à demi-expirants, c'étaient les yeux de Samuel ; ces lèvres un peu pâlies, cette barbe ondulée... ce corps, c'était le corps de l'amant...

Elle se leva toute droite, trempa ses doigts dans l'eau bénite ; mais sa main crispée fut impuissante à faire le signe de la croix.

Le visage mélancolique du Christ se détachait toujours sur le fond noir du prie-Dieu de velours ; la lourde croix de chêne semblait dispa-

raître dans les ombres, et la tête toute seule, af-
faissée, suppliante, restait dans la lumière.

— Lui... lui... toujours lui... Antoine, parle-
moi... parle à ta mère...

L'enfant dormait.

Le sang abandonna la figure de la jeune
femme et elle devint d'une blancheur de linceul;
ses bras tombaient le long de son corps; ses
jambes fléchissaient.

Son front se mouilla d'une sueur glacée; ses
dents claquèrent...

Gœthe s'il fût descendu de son ombre eût pu
voir un tableau plus terrible encore que celui de
Méphisto criant à Marguerite : tu ne prieras pas!...

Une voix éclatante comme la foudre troubla
tout à coup ce désolant silence :

— Est-il vrai que toi, la femme adultère, tu
sois toujours restée insensible aux caresses de
l'amant?... Ton corps d'épouse n'a-t-il pas tressailli sous ses baisers de flamme ?... Voyons,
souviens-toi! Samuel est beau; sa tête chargée
d'amour s'est appuyée sur ton sein...

— Non... non... répondait-elle, toute courbée, je n'ai eu que de l'horreur... Christ!...
Christ!... Protège-moi...

— Est-il vrai qu'aucune pensée voluptueuse
n'ait germé en toi?... Ton amant te réclame encore... Il n'y a point au monde de volonté capable
de résister à tant d'amour et à tant de fièvre!...
Samuel t'a achetée pour toujours... Il viendra te
hanter, à la lueur du flambeau qui t'éclairera, au
lit de la mort...

Marcelle s'était traînée jusqu'à son lit. La voix
la poursuivait :

— Tu vas comparaître devant le tribunal de
Jésus-Christ... Que diras-tu, à la vue de tant de
pensées, de tant d'actions criminelles, où tout
sera découvert jusqu'aux mouvements les plus
cachés de ton cœur, où tout sera compté jusqu'à
tes moindres soupirs?... Entends les cris lamen-
tables des femmes adultères, les damnées...
Elles hurlent comme des bêtes féroces au milieu
des flammes... Elles souffrent toutes sortes de
maux, en même temps, sans consolation, sans

relâche... Elles ont toujours la rage au cœur...

La femme se redressa et marchant contre la croix :

— Christ, qui reste insensible à mon désespoir, je te hais !... cria-t-elle, effrayante.

La voix continuait :

— Femme adultère, c'est toi qui as conduit l'amant dans ta chambre nuptiale... Pourquoi mentir?... Tu es femme; tu es belle... Tu es femme pétrie de désirs et de luxure, comme les autres femmes... Regarde... Ton amant est là, la tête reposée sur le prie-Dieu... Il est beau... Il te sourit... Il vient à toi... Voici le bien-aimé... Il te veut... Il te veut...

Marcelle poussa un cri de détresse et d'horreur : elle prit la grande croix entre ses bras, et l'ayant jetée par terre, elle la piétina...

Puis, ne pouvant plus prier, ne voulant plus vivre, elle dénoua ses cheveux qu'elle coupa jusqu'à la racine.

. . . . . . . . . . . . . .

Le duel avait été terrible.

Le duc fut atteint d'une balle qui lui brisa l'os frontal. On le transporta mourant de la gare du Nord à son domicile. Il resta huit jours sans connaissance.

Jeannine devait ignorer la vérité. Son père se contenta de lui dire :

— M. Heymann est un malhonnête homme... Ce mariage eut fait ton malheur... Marcelle est une sainte...

## XVI

Jamais madame de Lormont ne fut aussi maheureuse qu'à cette époque. Cette année terrible où toute l'activité de son être avait été mise en jeu pour soutenir cette vie double, si étrange et si cruelle, l'avait brisée : elle sembla près de défaillir.

Devant cet homme silencieux et sombre qui renaissait à la vie sans lui pardonner son sacrifice, elle fut faible et désarmée. Maintenant, le duc la nommait *madame*, toujours *madame*.

Elle était *madame* pour celui qu'elle avait sauvé : elle était *madame* pour le seigneur incorrigible qui, après avoir dévoré son bien, l'avait

vue se tuant de travail, pendant qu'il menait la
vie joyeuse.

Elle l'aima, l'adora, le supplia, les mains
jointes; mais l'époux outragé n'eut pas une douce
parole.

Peu à peu, la froideur de l'homme s'enfonça
comme une pointe d'acier dans les chairs de la
sacrifiée.

Fuyant son regard, elle s'abîma sous le poids
d'une incompréhensible angoisse. Elle regretta
son dévouement; elle aurait voulu recommen-
cer sa vie; la route s'était refermée derrière
elle : elle ne pouvait plus passer.

Alors, elle se sentit écrasée par tous les mensonges qu'elle avait accumulés sur sa tête. C'est
en vain qu'elle chercha des excuses dans les
fautes commises; c'est en vain qu'elle essaya de
s'identifier dans son rôle de martyre, se disant
encore et toujours qu'elle avait sauvé son mari
du bagne et son enfant d'un nom flétri. Le spectacle des visions passées se présentait à sa
vue... Oui, oui, un autre que l'époux s'était

enorgueilli de sa beauté, un autre que l'époux
avait tressailli dans l'attente de ses voluptés...

Marcelle se vit, pour l'amour des siens, marchant à la honte — avec la soumission du martyr qui marche au supplice : mais rien ne pouvait l'excuser à ses propres yeux.

Et pourtant, quand elle était là — dans le
repos du foyer — soignant le blessé dont la
mère l'avait pardonnée, elle aurait pu être
heureuse... Frédéric, — tel qu'un spectre —
chassait toute espérance de bonheur pour elle...

Le duc de Lormont subissait une métamorphose. Le mal physique n'était rien à côté de la
torture morale qu'il essayait en vain de ne pas
faire paraître. On le voyait doucement sourire,
mais on comprenait bien que ce sourire était
factice. Sur ce visage, que les veilles et les orgies
avaient marqué de leurs traits et qui, bien avant
l'heure, se sillonnait de rides, — sur tout cet être
que la maladie courbait encore, après les at-
teintes, du premier mal venu des plaisirs, il
s'étendait un voile de tristesse si poignante

qu'on oubliait et les rides et les boursouflures
du visage et la blessure du front pour chercher
seulement la plaie mystérieuse et inguérissable.

Couché sur une chaise longue, le front plié
dans des linges ensanglantés, le gentilhomme
restait ainsi, rêveur et triste. Il comparait sa vie
infâme aux existences d'honneur des ancêtres
disparus : c'étaient des flamboiements d'éten-
dards, des sonneries de clairon, des cliquetis
d'armure qui lui disaient le passé. Lui, le descendant, il se voyait traînant son blason dans
toutes les boues de Paris ; le tapis vert avait été
son champ de bataille... Ayant basé son avenir
sur le hasard, il ne devait pas s'étonner que le
hasard se fût montré cruel. Mais de toutes ses
infortunes, celle qui le tenait le plus au cœur,
c'était la perte de sa Marcelle... Marcelle — sa
femme — avait appartenu à un autre ; elle s'était
salie dans les bras d'un autre. Oh ! ceci était
plus affreux que tout le reste...

A cette pensée, Frédéric tressaillait. Ce n'était
plus le viveur parisien intermittent, faisant de

temps à autre des apparitions sur les grands boulevards ; ce n'était plus le monsieur dissimulant sa misère, riant lui-même de ses hontes dans les brasseries de la place Pigalle... Il y avait enfin en lui des révoltes soudaines et comme un appel formidable des grands morts.

M. de Lormont s'était habitué à considérer sa femme comme un de ces êtres impeccables, planant au-dessus de l'humanité et de ses erreurs... Marcelle et l'Adultère : ces deux mots juraient dans leur accouplement, comme jurent la Pudeur et le Cynisme... Et pourtant !...

La jeune duchesse, tout en noir — comme si elle avait porté le deuil de sa propre vie — venait auprès du blessé ; elle venait, coiffée d'une bonnette de religieuse... Le duc essayait d'étouffer la haine qui était en lui et il caressait doucement Marcelle, ainsi que l'on fait d'une compagne aimée et qui vous aime...

— Vous avez coupé vos cheveux... vos beaux cheveux... Savez-vous que vous êtes presque laide, maintenant...

— Que m'importe? disait-elle, de sa voix de femme désolée, j'aurais dû me faire laide plus tôt... Mon pauvre ami, nous eussions moins pleuré tous deux...

Ils parlaient de l'avenir de leur enfant. Antoine deviendrait officier : il entrerait à l'École de Saint-Cyr... Le nom des Lormont retrouverait ses gloires perdues.

Mais tout à coup, le visage du duc se crispait étrangement. On eût dit qu'une vision oubliée le hantait de nouveau : impuissant à se maîtriser, il repoussait sa femme :

— Allez-vous en, madame... Allez-vous en... Cela me fait mal de vous entendre... Votre bonnette de religieuse est horrible à voir... horrible... horrible... Une femme sans cheveux est un monstre...

Quand la crise était passée, Marcelle reprenait sa place, un peu loin de lui, l'épiant du regard. Il la voyait sous l'empire d'une peine si navrante que, n'ayant plus la force de la chasser, il détournait la face.

— Non... non... Voyez-vous, madame, lui dit-il, un jour où ses douleurs de tête l'étreignaient plus vivement que de coutume, je ne vous pardonnerai jamais... jamais...

— Jamais ?... interrogea-t·elle, tout en larmes.

— Non... jamais...

— Vous auriez mieux fait de me tuer, monsieur...

Les médecins avaient condamné le duc. Le blessé pouvait s'éteindre subitement. Le peu de vie qui lui restait encore, le gentilhomme l'employait à insulter sa femme.

Souvent, au milieu de ses crises épouvantables, le malade disait à sa mère, en désignant la duchesse :

— Mère, ordonnez à cette femme de s'en aller... Chassez-la d'ici... Vous voyez bien qu'elle me fait mourir à petit feu?...

Puis il arriva que Frédéric fut plus calme. Il tolérait que la duchesse veillât à son chevet et pansât chaque jour sa blessure.

Marcelle s'acquittait de son devoir d'épouse avec un dévouement admirable. Alors, le duc disait : *merci, madame*. Impossible de lui arracher un mot de pitié. Non, il la remerciait, comme il eût remercié une étrangère, une simple garde-malade que l'on paye à l'heure.

— Merci, madame... C'est bien... Allez-vous en, maintenant... Allez-vous en...

Avec ces mots, il faisait plus de mal à Marcelle que lorsqu'il la traitait de fille et de vendue.

Pendant quelques jours, la duchesse s'absorba dans les lectures de Bossuet et de l'Imitation de Jésus-Christ.

Mais, un matin que le duc l'avait traitée plus durement encore que de coutume, lui disant que le bagne n'eût été rien pour lui en comparaison de la perte de son honneur conjugal, elle prit peur. La femme eut une de ces angoisses désespérées qui annihilent un être : elle voulut en finir avec la vie.

Sur la table du salon se trouvait un flacon de morphine dont on se servait pour calmer le blessé pendant ses crises. La liqueur devait suffire à donner la mort... La duchesse chercha son Antoine, l'embrassa; et puis, elle revint dans la chambre du duc. Le gentilhomme semblait dormir; elle le baisa au front et elle s'éloigna doucement.

Afin de dissimuler son acte, elle avait placé un sucrier sur la cheminée du salon; déjà la morphine était versée sur le sucre et le verre était rempli d'eau, quand un homme apparut derrière elle : c'était Samuel Heymann.

Elle voulut crier.

Samuel lui montra la chambre du malade.

— Madame, dit-il, je ne suis pas le diable... Comment ai-je pu m'introduire ici?... La finance entre partout : elle a raison des domestiques fidèles aussi bien que des femmes imprenables...

— Monsieur... monsieur, murmurait Marcelle, les mains jointes... Une crise peut être fatale à mon mari... Voulez-vous donc que je me tue devant vous?...

Samuel la regarda en extase :

—Vous étiez si jolie avec vos cheveux blonds...
C'est pour me damner, n'est-ce pas, que vous les
avez coupés ?... Oh! madame, vous avez réussi
à merveille... Si vos livres saints ne mentent
pas, je serai damné... Du reste, je veux me
tuer... On meurt avec joie, quand on a vécu
désespéré... A quoi me servirait-il de vivre ?...
N'êtes-vous pas morte vous-même ?... Y a-t-il
au monde une puissance capable de rendre à vos
yeux leur lumière, à votre bouche sa fraîcheur ?...
Est-ce que je n'ai pas détruit tout cela ?... Oh!
oui... C'est bien à une morte que je parle...

Il s'arrêta brusquement : et, hochant la tête :

— Quelle dégringolade !... quelle pitié !... Un
Heymann en venir là... Je suis assez grotesque
pour faire rire Paris pendant une semaine, moi,
le millionnaire, l'archi-millionnaire... Ah! duchesse... duchesse...

Heymann s'approcha de la cheminée :

— Vous buviez au moment où j'entrais...
Marcelle, voulez-vous me permettre de boire
après vous?

— Non... non... ne buvez pas... monsieur...

Samuel élevait le verre :

— Vous souvient-il, duchesse, de la charmante soirée où, pour la première fois, j'ai trempé mes lèvres dans le verre que vous aviez mouillé de vos lèvres?...

Il but, il but avidement...

... Maintenant, Samuel marchait, les yeux démesurément ouverts... Il allait, se heurtant aux chaises et aux meubles. Marcelle s'était enfuie dans un coin du salon; elle restait là, frappée de stupeur... Il avançait toujours, secoué sous un rictus effroyable... Les mains tremblantes, la bouche exhalant ses derniers souffles cherchaient encore la femme dans le vide...

— Un baiser... le dernier... puisque tu m'as tué... ne me refuse pas...

La duchesse ne pouvait plus reculer. Le corps cassé en deux avait rampé jusqu'à elle... L'amant s'accrochait à ses jupes... Elle se débattit... L'homme tomba...

— Empoisonné... râla-t-il... Je vais dormir enfin...

A ce moment, la porte de la chambre s'ouvrit lentement. La douairière apparut chancelante, tenant par la main le petit Antoine qui pleurait.

— Ma fille, Frédéric est mort, dit gravement la mère.

— Voici le meurtrier, répondit la duchesse en montrant le corps de Samuel étendu sur le parquet.

Madame Gersinde eut un cri :

— Malheureuse, vous l'avez tué?...

— Non : il s'est fait justice lui-même.

Samuel se dressa dans une convulsion su-prême.

— Oui... je me suis tué... je voulais mourir... Ici ou là... Qu'importe?... Une lettre expliquera mon suicide... Je souffrais trop... Adieu, du-chesse, adieu... Brisez votre verre...

Il retomba. Ce fut tout.

Et comme l'enfant, épouvanté entre ces deux morts, avait quitté les mains de grand'mère trop

faibles pour le soutenir, Marcelle le prit entre
ses bras ; elle le serra éperdument sur son cœur :

— O mon Antoine, je te reste... J'ai payé le
droit de t'aimer pour deux...


On fêtera demain le *mardi-gras* de 1883.

En cette nuit d'hiver, pendant que Paris flamboie dans la lumière ; que du faubourg Saint-
Germain jusqu'aux Batignolles, il y a dans l'air
comme un vent de folie qui chasse pour quelques
heures et les soucis et les tristesses ; — pendant
que les jeunes parisiennes de tous les mondes
préparent leurs fleurs et leur ceinture pour le
bal ; que partout Carnaval est roi ; — là-bas,
tout au fond de la Chaussée-du-Maine, dans une
chambre bien modeste, une femme en deuil travaille, à la lueur de la lampe.

Et si, au souvenir des choses passées, une
vieille dame ne peut taire ses sanglots, si un
petit bonhomme a des larmes pleins les yeux, la
veuve les regarde tous deux avec un étrange
sourire, un de ces sourires mystérieux que l'on

ne voit jamais sur les lèvres vermeilles des femmes, mais qui illuminent parfois le pâle visage des mortes. Elle les regarde : les sanglots s'arrêtent; les larmes ne coulent pas.

Debout sur tant de deuils et sur tant de sang, Marcelle paraît si grande dans sa douleur, si grande dans sa foi robuste en l'avenir, que les vierges les plus chastes, les épouses les plus fidèles et les meilleures d'entre les mères se sentent toutes petites à côté de cette Prostituée.

FIN

Imprimeries réunies, B